명상여행 마음

명상여행

마음

김충현. 지음 | 고성원. 그림

인북스

마음을 닦는다는 것

길을 찾아 떠난 동자가 숲에서 선지식(善知識)을 만난다.

"그대는 어디서 오는가?"

"제 마음은 움직이지도 않았습니다."

"그대 마음은 어디에 머물렀는가?"

"제 마음은 잠시도 쉰 적이 없습니다."

"움직이지도 쉬지도 않은 그것은 무엇인가?"

눈을 뜨면 밝음이 보이고, 눈을 감으면 어둠이 보인다. 산은 산이요, 물은 물인데, 마음은 무엇이고 마음은 어디에 있는가. 행복, 기쁨, 사랑, 평화, 이해, 분노, 탐욕, 어리석음, 다툼, 두려움, 이 모든 것을 다 가지고 있으면서 '나'를 살아가게 하는 존재, 이것이 마음이다. '나'는 언제나 평온하기를 원하지만 단 한 순간도 '나'를 그냥 놔두지 않는 것, '내 것'이면서도 '내'가 어쩌지 못하는 것, 단 한 순간도 멈춤 없이 '나'를 괴롭히고 '나'를 힘들게 하지만 없다면 '내'가 더는 '나'일 수 없는 것, 도저히 버릴 수 없는 것, 마음이란 그런 것이다.

마음은 끊임없이 주인인 내게 무엇인가를 갖기 위해 움직이라고 요구한다. 갖고 싶은 것을 갖지 못하면 분노하라고 시키며, 마침내는 그것을 갖기 위해 무슨 일이든 하라고 강요한다. 언젠가는 헤어질 수밖에 없음을 명백하게 알고 있으면서도 사랑하는 사람이 있다면 절대로 헤어질 수 없다고 절규한다. 조금이라도 불편한 것은 참아서는 안 된다고 한다. 세상 모두가 고통받고 있어도 '나'는, '내 가족'은, '내가 사랑하는 이들'만큼은 행복해야 하고 어떤 일이 있더라도 그렇게 할 수 있다면 해야 한다고 밀어붙인다. (그런) 마음이 있는 한 '나'는 도저히 행복해질 수 없다.

그러나 풀잎에 맺힌 투명한 이슬 한 방울, 길섶에 핀 들꽃 한 송이, 구름 사이로 보이는 푸른 하늘, 티 한 점 섞이지 않은 아이의 맑은 웃음만으로도 마음은 평화롭다. 추운 날 헐벗은 채 쪼그리고 앉아 무엇인가 갈구하는 사람에게 가진 것을 나눌 줄 아는 온정, 고통을 호소하는 생명과 함께 아파하는 공감, 길을 묻는 이에게 길을 일러 주는 배려가 있어 세상은 조화를 이룬다. 이 모든 것 역시 마음이 있어 가능한 일이다. 마음이 없다면 '나'는 도저히 행복할 수 없다.

마음은 과연 거울을 닦듯이 깨끗이 닦아야 하는 대상인가. 그렇게 닦고 또 닦아 내면 맑게 빛날 수 있는 것인가. 본래 먼지나 때가 낄 것도 없는 그 무엇인가. 이제 나는 무엇을 해야 하는가. 어떻게 하면 행복해질 수 있을 것인가.

시대를 앞질러 살았으면서도 지금 내가 살고 있는 시대를 훌쩍 뛰어넘어 미래를 살다 간 분들의 가르침을 모았다. 땅을 일구며 사는 농부, 고기를 잡는 어부, 주고받으며 생활을 영위하는 상인, 무엇인가를 만드는 분, 학자, 선사(禪師), 친구, 어머니, 아버지, 형제자매, 삶 주변에서 늘 함께 살아가고 있는 모든 이들이 남긴 이야기들이다. 길을 찾는 제자와 스승의 이야기로 꾸미는 과정에서 원래 모양이 바뀌기도 했지만 그 속내와 틀은 바꾸지 않았다. 정리해 놓은 이의 부족함이 덧대 있어 죄송하고 송구스럽긴 하지만, 언제 어디서나 만날 수 있으면서도 마음을 밝히기에는 부족함 없는 길을 품고 있는 내용들이다. 덧댄 글에 현혹되지 않고, 그림과 이야기 자체를 좇다 보면 그래도 무엇인가 찾아지는 것이 있지 않을까 싶다.

인간은 어느 시대를 막론하고 고통 속에 살고 있다고 생각한다. 아픔을 이겨내고 행복한 일상을 이어 가고 싶어 한다. 지금 살고 있는 세상이 만족스럽지 못하다. 진정한 행복으로 가는 그 길을 어디에서 찾을 것인가. 새로운 기술이나 혁명적인 방법을 찾지만, 우리는 사실 그 해답을 알고 있다. 마음을 들여다보면 이미 내 몸과 마음에 스며들어 있다.

십수 년 전『명상만화 마음공부』라는 제목으로 펴낸 책이다. 다시 들여다보니 잘못된 내용도 많았다. 아둔했던 탓에 저질렀던 잘못으로 마음이 무거웠다. 다시 손보고 다듬었다. 새로운 얘기들도 덧대었다. 아픔을 이겨 내는 데 조금이나마 도움이 될까 하는 마음에서다. 행복과 평화를 향한 길을 찾고 싶어 하는 분들에게 함께 여행 떠나기를 권해 드린다. 나를 만나고 내 마음을 만나 일상을 이어 가고 행복을 이루기를 기원 드린다.

2021년 5월
저자 김충현

차례

제 1 장

마주하다

내 삶이 늘 각박하고 무의미하게 느껴지는 것은
아집과 편견에 사로잡힌 닫힌 마음 때문이다.
행복의 길을 찾는 마음 여행의 첫걸음은
나를 비우는 것이다.
내 안의 것을 모조리 버리고 마음을 비우자.

"스승님, 버려도 버려도 좀처럼 마음이
비워지지 않는 까닭은 무엇인지요?"
"무엇을 얻을 것인지 먼저 생각을 일으키기 때문이다."

비워야 채울 수 있다

스승과 함께 차를 마시던 제자가 물었다.

"스승님, 참되게 살아가는 길은 무엇입니까?"

질문을 받은 스승은 아무 말 없이 뜨거운 찻주전자를 들어 차를 자신의 잔에 따랐다. 찻물이 차오르며 넘쳐흘렀다.

"스승님, 찻잔이 넘칩니다."

제자가 일깨웠지만 스승은 못 들은 척 계속해서 차를 따르기만 했다.

"참된 삶에 대해 여쭈었는데, 어찌 찻잔만 채우고 계시는지요?"

비로소 스승이 고개를 들고 제자를 바라보았다.

"이 찻잔처럼 네 머릿속은 온통 너의 생각으로 가득 차 있다. 그러니 아무리 참된 길을 일러 준다 한들 어찌 알아들을 수가 있겠느냐."

물이 가득 찬 항아리에 물을 계속 부으면, 흘러넘치는 게 당연하다. 또 하얀 도화지에는 어떤 모양이든 그림을 그릴 수 있지만 이미 색칠이 된 종이에는 아무리 아름다운 색을 써도 소용이 없다. 자기만의 생각으로 가득 찬 머릿속에는 어떤 가르침도 들어갈 여지가 없다. 훌륭한 지혜를 채운다고 해도 찻잔을 넘치는 물처럼 마음에 담을 수 없기 때문이다. 시대의 스승 법정 스님은 이를 일러 '텅 빈 충만'이라 했다. 억지로 비워 내지 않아도 자연스럽게 비워 가는 지혜다.

얻으려면 먼저 버려야 한다.

천국과 지옥

"스승님, 지옥과 천국이 정말 있습니까? 있다면 어디에 있습니까?"
"녀석, 한심하기 짝이 없구나. 그렇게 못생긴 데다가 머리는 아둔한 주제에, 쓸데없이 천국과 지옥이 어디에 있는지 걱정이나 하다니. 장차 자라서 도대체 뭐가 되겠느냐?"
그러자 몹시 화가 난 제자가 누르락푸르락 얼굴빛이 변하며 대들었다.
"아무리 스승님이지만 함부로 저를 무시하는 말씀은 하지 마십시오."
"제자야, 지금 지옥의 문이 열리고 있구나."
이 말에 자신의 잘못을 깨닫게 된 제자가 스승에게 엎드리며 뉘우쳤다.
"스승님, 제가 잘못했습니다. 부디 용서하여 주십시오."
그제야 스승이 자비로운 웃음을 띠며 말했다.
"이제 천국의 문이 열리고 있구나."

지옥이란 인간이 겪을 수 있는 극한의 고통, 반대로 천국은 최상의 행복이다. 이 둘은 모두 내 마음속에 존재한다. 마음에 탐욕과 분노가 가득 차 있을 때는 지옥을 헤매게 마련이다. 그러나 진심 어린 사랑과 따뜻한 배려의 마음을 열면 어떤 상황에서도 봄바람과 같은 평온함을 누릴 수 있다. 행복과 불행, 천국과 지옥은 스스로 마음을 여닫기에 따라서 만들어진다.

지금 내 마음의 문은 어디를 향해 열리고 있는가. 천국을 향하고 있는가, 지옥을 향하고 있는가?

지옥과 천국이
정말 있었습니까

있다면
어디에
있습니까

녀석
한심
하기
짝이
없이
구나

함부로 그런 말씀하지 마십시오

지금
지옥의
문이
열리고
있구나

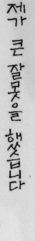

제가 큰 잘못을 했습니다

지금
천국의
문이
열리고
있구나

나는 왕이로소이다

제자가 스승에게 물었다.

"스승님께서는 오랜 세월 성현의 가르침을 설하셨는데, 몇 사람이나 그 가르침을 소중하게 여겼습니까?"

"한 사람도 받아들인 이가 없었다."

"어째서 그렇습니까?"

제자가 이유를 묻자 스승은 나직이 탄식하며 말했다.

"세상 사람들이 제각각 지닌 고집이 모두 다 왕과 같았기 때문이다."

스스로 주인공이 되어 인생이라는 교과서를 써 나가는 우리는, 대체로 자신의 생각이 옳고 훌륭하다는 마음을 버리기가 어렵다. 지혜로운 사람은 언제나 자기를 낮추고 남의 가르침을 받아들이려 한다. 그러나 제왕처럼 자신만이 옳다는 아집과 독단에 사로잡히면 아무리 훌륭한 진리라 하더라도 돌아보지 않게 된다.

행복에 이르는 길을 찾으려거든 먼저 아집을 버리고 겸손하게 마음을 내려놓아야 한다.

벽돌이 말하는 진리

"어떤 것이 과연 진정으로 지혜로운 이의 마음입니까?"

제자가 묻자 스승이 대답했다.

"길가에 널린 벽돌과 기와, 자갈 같은 것들이다."

"그들은 생각을 못하지 않습니까?"

스승이 그렇다고 동의하며 고개를 끄덕이자 제자가 다시 물었다.

"그런데도 그들이 어찌 현자(賢者)의 마음을 지니고 있다 하십니까?"

스승이 길섶에 버려진 기왓장과 벽돌을 가리키며 말했다.

"그들은 늘 진리를 말하고 있지만 네가 스스로 듣지 못할 뿐이다."

이 세상에 존재하는 어떤 것도 가르침을 주지 않는 것이 없다. 산의 나무와 풀, 들의 꽃, 강가의 조약돌 하나하나, 모든 것이 나름대로 존재 이유와 가치를 지니고 삶의 지혜를 일깨워 주고 있다. 마음에 그들의 존재를 담는 순간, 그 의미가 함께 들어온다. 그를 통해 나를 들여다볼 수 있는 지혜와 여유가 생긴다. 백제의 미소 서산 마애삼존불에는 석공들의 미소가 배어 있다. 석공들은 바위와 마음을 나누며 위대한 유산을 남겼다. 그리고 그 위대한 유산은 우리에게 다시 자신을 살피는 지혜를 전한다.

모든 존재와 소통하고 그들의 소리에 귀를 기울이려는 마음가짐이 명상 여행의 시작이다.

어떤 것이 과연
진정으로
지혜로운 이의
마음입니까

벽돌과 기와
자갈 같은
것이다

그들은 늘 진리를 말하지만.
네 스스로 듣지 못할 뿐이다

아직도 업고 있느냐

물살이 거센 개울을 건너던 스승과 제자가 개울을 건너지 못해 쩔쩔매는 젊은 여인을 만났다. 스승은 망설이지 않고 등을 들이대서 여인을 업어 개울 건너에 내려 준 다음, 길을 재촉했다.

한참 후, 제자가 물었다.

"스승님, 수행자로서 어찌 잘 모르는 여인의 몸에 손을 대실 수 있습니까?"

스승은 제자를 바라보며 혀를 끌끌 차더니 대답했다.

"나는 여인을 내려놓은 후엔, 그 여인을 업었다는 생각마저도 내려놓았는데, 너는 아직도 그 여인을 업고 있구나."

모든 공동체는 개인과 공공이 함께 추구하는 목적을 이루기 위해 나름대로 지켜야 하는 규율이 있다. 불교와 가톨릭, 개신교, 이슬람 등 모든 종교도 계율을 정해 지켜나간다. 그러나 계율을 지키는 것을 궁극의 목적으로 삼는 순간, 나를 얽어매는 제약으로 작용한다. 마음을 닦는 수행은 깨달음을 이루고 깨달음을 실천함으로써 고통받는 생명을 구하는 것에 참된 목적이 있다. 위대한 수행자로 일컬어지는 경허 선사는 대중의 오해를 감내하면서까지 병에 걸린 여인과 한방에서 지내며 돌보았다.

사회적 인습이나 남들의 시선 때문에 지금 내 발길이 무거울 때가 있는가? 스스로 바른길이라고 생각한다면 주저 없이 당당하게 발걸음을 옮겨도 된다.

나는 이미
여인을
내려놓을 때
그 여인을
업었단는
생각마저도
내려놓았는데
너는 아직도
그 여인을
업고 있구나

곰이 알아듣는 경전

스승과 제자가 숲 속을 지나다가 곰 새끼 몇 마리가 함께 모여 있는 것을 발견했다. 죽은 새끼 곰도 있고, 살아 뛰노는 녀석들도 있었다. 제자가 경전을 펼쳐 놓고 기도를 시작하자 스승이 물었다.

"무엇을 하고 있느냐?"

"죽은 곰들의 해탈을 기원하며 경전을 읽어 주고 있습니다."

"죽은 곰이 기도하는 것을 알아듣겠느냐? 곰이 알아듣는 경전은 따로 있는 법이니라."

"곰이 알아듣는 경전이 따로 있습니까?"

스승이 말 없이 저편으로 가더니 먹이를 구해 와 살아 있는 곰들에게 먹이며 말했다.

"이것이 바로 곰 새끼들이 알아듣는 경전이니라."

사람들은 대체로 모든 것을 나를 기준으로 생각하고 행동한다. 내가 추우면 남도 추울 것이고, 내가 배부르면 다른 이들의 배도 부른 줄 안다. 병 때문에 괴로워하는 환자에게 목청껏 노래를 불러 주거나, 배를 곯는 노숙자에게 아름다운 꽃을 선물한들 어찌 위안이 되겠는가. 배고픈 사람에게는 우유 한 잔이 진리의 말씀보다 훨씬 값지며 피곤한 사람에게는 다른 무엇보다 한순간의 휴식이 간절하다.

상대의 처지와 마음을 헤아릴 줄 아는 배려, 마음속에 반드시 지녀야 할 소중한 덕목이다.

죽은 곰을 위해
기도를 하고 있습니다

곰이 알아듣는 경전은
따로 있느니라

이것이 바로 곰새끼들이
알아듣는 경전이니라

마음속의 바윗돌

주섬주섬 짐을 싸서 길 떠날 채비를 하던 제자가 하직 인사를 여쭈자 스승이 물었다.

"어디로 가려 하느냐?"

"제 마음이 이끄는 대로 정처 없이 세상을 두루 여행하며 마음공부를 해 보고 싶습니다."

그러자 스승이 뜰 앞의 바위를 가리키며 물었다.

"저 바윗돌은 네 마음속에 있느냐, 마음 밖에 있느냐?"

"제가 날마다 대하던 것이니 당연히 제 마음속에 있습니다."

"저런……. 여기저기 돌아다니자면 빈 몸으로도 힘들 텐데 무거운 바윗덩어리까지 넣고 다니려면 참으로 고생이 심하겠구나."

한참을 생각하던 제자는 아무 말 없이 다시 짐을 풀어 놓았다.

마음속에 무거운 바윗돌을 지닌 채로는 온 천지를 헤매고 다녀도 깨달음을 얻지 못한다. 버리지 못하고 집착하고 있는 마음속의 바윗돌은 무엇인가. 권력이나 돈, 명예 따위를 끊임없이 주워담으려는 타성적인 삶으로 생겨난 온갖 탐욕과 분노, 어리석음이다. 마음속에 쌓여 있는 그것부터 성큼 내려놓아야 한다. 아무리 각오를 새롭게 하고 낯선 세계를 찾아 떠나 본들, 마음속의 바윗돌은 사라지지 않는다.

집착을 떨치고 마음 안팎을 푸른 하늘처럼 가다듬을 때 바른길이 보인다.

가장 중요한 일

"스승님, 세상에서 가장 다급하고 중요한 일이 무엇입니까?"
"너는 무엇이라고 생각하느냐?"
"아무래도 진리를 찾는 일이 아니겠습니까?"
그때 소변이 마려워진 스승이 다급하게 일어나며 말했다.
"이런 사소한 일도 늙은이가 몸소 해야 하는구나. 지금 당장은 이것이 가장 시급하고 중요한 일이로고."

세상에 중요한 일은 너무도 많아서 어느 것 하나도 제대로 이루기가 어려울 정도다. 진리, 정의, 사랑, 성공, 권력, 부, 평화……. 그러나 우리 삶에서 가장 중요한 시간은 바로 지금이다. 절약도 좋지만, 먼 훗날의 풍요로운 생활을 위해 끼니를 걸러 가며 건강을 해치거나, 행복한 내일을 위해 가족들의 몸과 마음의 아픔을 살피지 못하는 이들도 있다. 그들은 현재에도 미래에도 살지 못한다. 밤하늘의 별을 바라보며 우주의 진리를 탐구하며 걷다가 웅덩이에 빠지고 만 철학자 탈레스를 지켜보던 노파가 빈정댔다. "자기 발밑의 일도 모르면서 어찌 하늘에서 일어나는 일을 알 수 있을까?" 몸이 가려울 때는 긁는 일이 시급하고, 배가 고프면 먹는 것이 가장 중요하다.

지금 이 자리에서 해결해야 하는 것, 그것이 세상에서 가장 중요하고 시급한 일이다.

스승님
세상엔
가장
중요하고
다급한
일이
무엇
입니까

所憂解

이런 사소한 일도 늙은이가 몸소 해야 하는구나

쌀 한 톨에도 에베레스트산이 들어 있다

어느 날, 유명한 학자가 스승을 찾아와서 물었다.

"조그마한 쌀 한 톨에도 에베레스트산이 들어 있다고 말씀하셨다고 들었습니다. 어찌 그것이 가능하겠습니까?"

"선생께서는 책을 많이 읽으셨겠지요?"

"예, 한 2만 권쯤 읽었습니다."

학자가 대답하자 스승이 되물었다.

"그 몸에 어찌 2만 권이나 되는 책을 집어넣으셨습니까?"

꽃은 조그만 씨앗에서 피어난다. 그 볼품없는 씨앗이 어찌 그리 아름답고 화려한 꽃을 피울 수 있는가. 나는 단지 부모의 몸과 마음만을 물려받은 존재가 아니다. 내 부모의 부모, 그 부모의 부모, 수천 수만 년을 걸쳐 쌓아 온 지혜와 인연이 함께한 끝에 태어난 존재이다. 헤아릴 수 없이 기나긴 세월의 인연을 품고 있는 내 안에 온 우주의 섭리가 다 들어 있다.

모든 이들의 삶과 인연이 깃들어 있는 지금의 나. 참으로 감사하고 소중한 존재가 아닌가.

물소리를 따라가라

제자가 스승에게 청했다.

"스승님의 문하에 들었으니 올바른 길을 가는 법을 가르쳐 주십시오."

"저 골짜기에 흐르는 물소리가 들리느냐?"

"예, 들립니다."

"그 소리를 따라가거라."

노자 《도덕경》에 '상선약수(上善若水)'라는 가르침이 있다. 물은 머물고 살피고 움직이는 때를 모두 알고 흐르며, 다투지 않으면서도 만물을 이롭게 하는 미덕을 지녔다는 의미이다. 높은 곳에서 낮은 곳으로 끊임없이 흐르고, 그 어떤 것도 거스르지 않는 것이 물이라는 것을 생각하면 당연히 이해가 되는 가르침이다. 물은 가야 하는 곳, 반드시 있어야 하는 곳에 스스로를 놓을 줄 안다. 세상의 모든 이치도 물처럼 바람처럼 순리를 거스르지 않고 자연스럽게 흘러야 한다.

바람직한 삶의 자세를 흐르는 물소리에서 깨달을 수 있다면, 이미 열 사람의 스승에게서도 얻지 못하는 지혜를 터득한 것이나 진배없다.

옷방을 길을 가는 법을
가르쳐 주십지요

저 골짜기에
흐르는
물소리가
들리느냐

그 소리를 따라가라

꽃도 너를 사랑하느냐

방에 아름다운 꽃병이 장식된 것을 본 스승이 제자에게 물었다.

"애야, 이 화병은 웬 것이냐?"

"예, 들에 핀 꽃이 하도 아름다워 꺾어 왔습니다."

"네가 참으로 꽃을 좋아하는 모양이구나."

"예, 저는 꽃이 정말 사랑스럽습니다."

그러자 스승이 물었다.

"그런데 꽃도 너를 사랑하느냐?"

"……"

세상을 어지럽히는 모든 갈등과 반목은 자기 자신만을 내세우는 데서 비롯된다. 내 이익과 내 즐거움을 우선하는 행동은 남에게 아픔과 상처를 안겨 주기 십상이기 때문이다. 설사 진실한 마음에서 비롯된 선행이라고 해도 배려가 없는 일방적인 행위는 오히려 사랑이라는 미명하에 저지르는 폭력이 될 수도 있음을 깨달아야 한다.

내가 아닌 남, 때로는 하찮은 미물들까지도 나와 똑같이 귀중한 존재라는 사실을 인정하고 배려하는 마음을 잃지 않아야 한다. 그래야 나도 다른 이들에게서 존중받을 수 있다.

저는 꽃이 정말
사랑스럽습니다

그런데 꽃도 너를 사랑한단다

매미의 법문

어느 여름날, 스승이 많은 사람이 모인 자리에 초청을 받아 강의를 하기로 했다. 그러나 수백 명이 바라보는 가운데 단상에 오른 스승은 아무 말 없이 앉아 있기만 했다. 답답한 제자가 스승을 채근했다.

"스승님, 사람들이 기다리고 있습니다. 어찌 아무 말씀이 없으십니까?"

"내가 할 말은 다 했다."

"아무 말씀도 안 하시고 무슨 말씀을 다하셨다는 것인지요?"

그러자 스승이 높은 나무 위를 손으로 가리켰다.

"저곳에서 울고 있는 매미의 울음소리를 들어 보아라. 저 매미의 울음소리보다 더 좋은 법문은 없느니라."

매미는 단 일주일 동안 울음소리를 내려고, 6년 동안 땅속에서 애벌레에서 성충이 되는 과정을 몇 번이고 되풀이하며 온갖 천적들의 공격을 참아 낸다. 위대한 성현들이 단 한 찰나의 깨달음을 만나고자, 수십 년 동안 방바닥에 등을 붙이지 않고 앉아서 치열하게 정진하는 것과 다르지 않다. 그렇게 참고 견딘 매미는 마침내 허물을 벗고 힘차게 날아올라, 나무 꼭대기에서 세상을 굽어보며 우렁찬 소리를 토해 낸다. 그 울음이야말로 번뇌 속에 묻혀 있다가 마침내 깨달음을 얻은 성현의 사자후와 무엇이 다르겠는가.

시끄럽기만 한 매미의 울음소리도 열린 마음으로 들으면 십 년 면벽한 수행자의 기상을 느낄 수 있다.

저 매미의 울음 소리보다 더 좋은 법문은 없느니라

불상(佛像)을 타고 놀다

어느 날 스승과 제자가 이름 높은 사찰을 찾았다. 제자가 법당에 들어가 예를 올리는데 스승은 불상 위로 올라가 말타기 놀이에 여념이 없다. 제자가 기겁하며 스승을 말렸다.

"스승님, 어찌 이리도 큰일을 저지르십니까. 어서 내려오십시오."

"재미있기만 한데 뭐가 큰일이란 말이냐?"

"어서 내려오십시오. 이 절에 계신 스님들이 난리가 나겠습니다."

다른 스님들의 전갈에 급히 달려온 주지 스님이 이 광경을 보더니 껄껄 웃으며 말했다.

"모두 이 큰 스승의 가르침에 감사의 인사를 올려라."

불상이 성스러운 것은 부처의 가르침이 성스럽기 때문이다. 불상을 아궁이에 넣고 불을 지핀다고 해도 부처의 가르침이 사라지는 것은 아니요, 불심이 없어지는 것도 아니다. 우리가 진심으로 존경하고 받들어야 할 것은 참된 가르침이지 화려한 금칠을 한 불상이 아니다. 사람을 대할 때도 화려한 명성이나 겉모습에 현혹되어 저 사람은 권력자, 부자, 미모가 뛰어난 사람, 존귀한 신분이라는 허명(虛名)에 사로잡히면 그의 생각과 됨됨이를 놓치기 십상이다.

자신의 외모에 대한 남들의 평가에만 관심을 기울이지 말고 자신의 내면을 알차게 가꾸어야 자존감을 높일 수 있다는 깨우침이기도 하다.

생선을 싼 종이에서는 비린내가 난다

스승의 심부름으로 시장에 가서 향을 사 온 제자가 향을 피우더니 얼굴을 찌푸리며 말했다.

"스승님, 이번 향은 향기는 나지 않고 온통 비린내만 풍깁니다."

"향을 쌌던 종이를 가져와 보아라."

향을 쌌던 포장지의 냄새를 맡아 본 스승이 제자에게 말했다.

"비린내는 바로 이 포장지에서 난다. 생선을 포장해서 비린내가 나는 종이에다가 향을 쌌으니 향내는 간데없고 비린내만 나는 것이 당연하지 않겠느냐."

바람은 비록 그 향기를 품고 있지 않으나 향나무 숲이나 꽃밭을 지나면 아름다운 향기를 품고, 시궁창이나 썩은 시체를 지나면 악취를 품는다. 사람은 본래 맑고 바른 심성을 지니고 태어난다. 그러나 나 스스로는 죄악에 물들지 않았더라도, 어리석고 탐욕으로 가득 차고 쉽게 화를 내는 사람을 가까이하면, 본래의 청정한 심성은 자취를 감추고 무지와 이기심으로 얼룩진 모습으로 변하게 된다.

내 마음을 감싸고 있는 포장지에서는 비린내가 나는가, 향기로운 냄새가 나는가? 맑고 향기로운 사람을 가까이하도록 노력하고, 선하고 밝은 생각을 일으킬 수 있는 자리에 머물도록 힘써야 한다.

강을 건너면 배를 버려라

스승과 제자가 작은 배를 타고 어렵게 강을 건넜다. 강 건너편에 도착하자 나룻배를 둘러메고 가려는 제자에게 스승이 물었다.

"그 배는 왜 힘들게 가져가려 하느냐?"

"이 배가 없었으면 강을 건너지 못했을 터이니 얼마나 고맙고 소중한 것입니까."

"그래서 이미 강을 건넜는데도, 그 배를 끌고 가겠다는 것이냐?"

"차마 버리기가 아까워서 가져가려 합니다."

"아서라. 강을 건넜는데 왜 배가 필요하겠느냐? 도리어 길 가는 데 방해만 될 뿐이다."

강을 건너면 배를 버리고 고기를 잡았으면 그물을 버려야 하듯, 새로운 길을 가려면 낡은 마음의 틀을 떨쳐내고 사고와 행동을 바꾸어야 한다. 하지만 사람은 누구나 자신이 지금껏 믿고 의존해 온 가치 체계와 신념을 버리기가 쉽지 않다. 익숙했던 것들에 대한 집착에서 쉽게 벗어나기 어려운 것이다. 가고자 하는 길이 불안하게 생각될 때는 더욱 그렇다. 하지만 지나온 날들에 대한 집착을 버리지 못하면 그 집착이 앞길을 가로막는 결과를 가져오게 된다.

마음을 활짝 열어 자신을 얽어매고 있는 낡은 사고방식을 과감하게 버리고 생각의 틀을 새롭게 다듬어야 앞으로 나아갈 수 있다.

국자는 국 맛을 모른다

세상에서 가장 현명한 스승을 모시고 있기 때문에 자신은 모르는 것이 없다고 잘난 척하는 친구를 본 제자가 스승에게 물었다.
"제 친구는 모든 것을 다 아는 것처럼 떠들고 다니지만 참다운 지혜가 무엇인지 물으면 한 마디도 대답을 못합니다. 왜 그럴까요?"
"그가 어리석기 때문이다."
"예?"
"국자는 아무리 국에 담겨 있어도 국 맛을 알지 못하는 법이다. 마찬가지로 어리석은 자는 지혜로운 사람과 한평생을 살아도 깨달음을 이루지 못한다."

아무리 음식 속에 묻혀 있더라도 국을 뜨는 국자는 국 맛을 모르고 숟가락은 밥맛을 알 수 없다. 국자는 국을 퍼담는 일을 열심히 하지만 실상은 국 맛을 모른다. 오직 음식을 맛보는 혀끝만이 짠맛 단맛을 느낄 뿐이다. 뛰어난 스승이 있는 덕분에 자신이 잘난 줄 알고 배움을 소홀히 하는 어리석은 사람은 가르침을 제대로 받아들이지 못한다. 지혜로 가득 찬 감로수가 쉴 새 없이 흘러넘친다 해도, 스스로 마시지 않으려 하는데 어찌 목마름을 해결할 수 있겠는가.

자신이 모르는 것이 무엇인지 아는 것이 참으로 아는 것이다. 내가 부족하고 어리석은 존재임을 아는 것도 마음을 성찰해서 얻는 이득 중 하나이다.

국자는
아무리
국에
담겨 왔어도
국 맛을
알지 못한다

꼬리가 있어야

꼬리가 보기 흉하게 생긴 개가 마을을 돌아다니자 제자가 가위를 들고 덤 벼들었다.
"꼬리를 잘라 주는 것이 좋겠는데, 그러면 더 멋있겠어."
그러자 보고 있던 스승이 타일렀다.
"그냥 그대로 두어라. 본디 개는 꼬리가 있어야 온전한 개가 될 수 있는 법 이다."

개는 대부분의 감정 표현을 꼬리를 통해 전달한다. 꼬리를 흔들거나 감추기도 하고, 어떤 때는 바짝 세우기도 해서 기쁨이나 긴장 상태, 항복과 공격 의사를 나타낸다. 반갑다고 꼬리를 쳐서 먹이를 얻는 개에게 꼬리는 없어서는 안 될 생존 수단의 하나이다. 요즘은 조금 부족하거나 모자란 듯 보이면 가차없이 떨쳐 내려고만 하는 세태이다. 얼굴에서 다소 자신이 없는 부분은 성형이라도 해서 결점을 없애려 들고, 함께 일하는 동료가 조금 능력이 부족한 듯 보이면 소외시키기 일쑤이다. 그러나 못생긴 내 코가 없으면 남과 다른 특징이 사라지고, 모자란 듯 보이는 구성원이 없는 공동체는 각자가 나 아니면 안 된다는 생각만 팽배해서 결속력이 떨어지고 만다.

내가 가진 모든 것, 결점이나 심지어 번뇌로 가득 찬 마음까지도 나의 행복을 이루는 소중한 토대가 된다.

그렇군
꼬릴를
잘라
주는
것이
좋겠는데
그런면

더
멋
있겠
어

꼬리가 있어야 저 개는
온전한 개가
될 수 있는 법이야

누구도 피할 수 없는 일

외아들을 잃고 슬피 울던 어머니가 스승을 찾아와 간청했다.
"스승님, 제발 저의 아들을 다시 살아나게 해 주십시오."
스승은 바가지 하나를 주며 일렀다.
"이 마을에서 가족 중에 죽은 사람이 없는 집의 쌀을 한 줌씩 얻어서 이 바가지에 채워오면 아들은 살아 돌아올 것입니다."
뛸 듯이 기뻐하며 바가지를 들고 마을로 향한 부인은 며칠 동안을 돌아다녔으나 쌀을 단 한 줌도 얻지 못한 채 돌아왔다. 죽은 사람이 없는 집이 단한 곳도 없었기 때문이다. 그러나 어머니의 표정은 평온을 되찾았다.

모든 생명은 언젠가는 진다는 사실을 누구나 알고 있다. 내가 사랑하는 이들은 언젠가는 내 곁을 떠나고, 나 역시 사랑하는 이들 곁을 떠나야 한다. 단지 헤어짐으로 인한 고통을 애써 외면하고 눈앞에 닥쳐올 때까지는 느끼지 못해서 견딜 수 없는 아픔으로 다가올 뿐이다. 존재함으로 인해 어쩔 수 없이 느껴야 하는 죽음의 고통은 모두가 당연히 감당해야 하는 몫이다.

죽음으로 인한 이별은 삶이 치러야 하는 대가임을 받아들이면 고통은 줄어들고, 추억과 그리움으로 채워진 행복이 다가온다.

스승님 제발 저의 아들을 다시 살아나게 해 주십시오

알겠습니다 다시 살려드릴 테니 이 바가지에 쌀을 채워 오십시오 단 이 마을에서 가족 중에 죽은 사람이 없는 집의 쌀을 한 줌씩 얻어 채워야 합니다

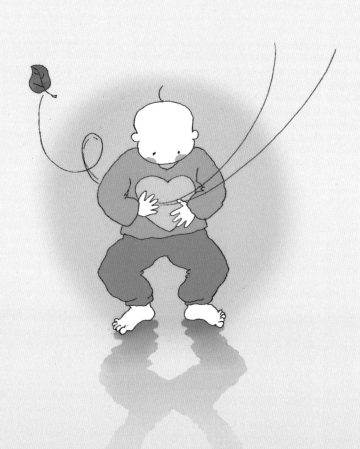

제2장

들여다보다

내 생각과 느낌을 찬찬히 들여다보아서
본래 마음을 깨달아야 한다.
내 마음이 향하는 곳,
내 마음자리가 있는 그곳에 세상이 존재하고
행복의 의미가 생겨난다.

"스승님, 저는 어떤 존재입니까?"
"선한 마음으로 비추어 보면 아름다운 사람이고,
분노의 마음으로 비추어 보면 추한 존재이다."

소를 타고서 소를 찾다

차를 마시며 제자가 물었다.

"스승님, 참다운 진리란 어디에 있습니까."

"너는 어찌해서 소를 타고 앉아 있으면서 소를 찾느냐?"

"제가 소를 타고 앉아 소를 찾는다는 사실을 안 뒤에는 어찌해야 합니까? "

"그저 소를 타고 집으로 돌아가면 되느니라."

누구나 찾아 헤매는 행복이나 진리는 '내 마음'을 벗어나 따로 존재하는 것이 아니다. '내'가 본래 지니고 있는 마음이 바로 진리이다. 세상 모두가 아무리 옳다고 하는 것도 내가 믿지 못하고 납득할 수 없다면 무슨 의미가 있겠는가. 남들이 아무리 나에게 행복한 사람이라고 해도 나 스스로 불행하다고 느낀다면 어찌 행복하겠는가. "온종일 봄을 찾으러 들판을 헤매고 다니다 지쳐서 돌아와 보니, 내 집 마당에 핀 매화가 바로 봄이더라."라는 시구(詩句)에서 보듯, 행복의 파랑새는 나의 집 창가에 있다.

내 안에 있는 희망을 일깨워 실현하는 것, 그것이 행복을 찾는 지름길이다.

너는 어쩌해서 소를 타고 앉아 있으면서 소를 찾느냐

진정으로 평화로운 마음

제자가 스승에게 물었다.

"어떤 상태가 진정으로 평화로운 마음입니까."

"지금 너의 마음 상태는 어떠한가?"

"저는 지금 아무런 번뇌도 없는 무심(無心)입니다."

스승은 고개를 가로저었다.

"아무것도 없는 무심에 어찌 평화로움이 깃들겠는가."

마음의 평화는 '모든 것과 단절하는 무심'으로 얻어지지 않는다. 자신을 둘러싼 환경이나 여건의 변화에서 평화가 오는 것이 아니라 내면의 변화에서 얻어지기 때문이다. 삶은 항상 새롭고 마음은 언제나 진부하기 마련이어서 불안과 번민이 싹튼다. 때로는 그런 상황들이 너무 고통스러워 피해 버리고 싶은 마음이 생기게 마련이다. 나를 괴롭히는 상황이 존재하지 않는 것이라고 외면해 버리면 당장은 마음이 편할 수 있지만 스스로를 속일 뿐이다. 진정한 평화를 얻으려거든 내게 닥친 고통이 무엇인지 확실하게 들여다보라. 내 마음을 찬찬히 관찰해서, 번민과 고통의 원인이 이루지 못할 것에 대한 욕심 때문이라면 그 욕심을 내려놓아야 한다.

현실을 외면하지 말고 마음을 집중하여 고통의 정체를 알아내야 새로운 희망의 씨앗을 심어 극복할 수 있다. 그때 진정한 마음의 평화가 찾아온다.

저는 지금
아무런 번뇌도 없는
무심입니다

아무것도
없는 무심에
어찌 평화로움이
깃들겠느냐

세상은 1분 전에 만들어졌다

제자가 스승에게 자랑했다.

"스승님, 저는 이 세상이 언제 만들어졌는지 압니다."

"언제였더냐?"

"9년 전입니다."

"네 나이가 아홉 살이로구나. 허나 세상은 1분 전에 만들어졌다. 우리가 얘기를 나눈 지 1분밖에 흐르지 않았기 때문이다."

내 마음이 움직일 때 세상은 비로소 의미를 지닌다. 아무리 화려하게 빛을 발하는 단풍도 그저 울긋불긋한 색으로만 받아들인다면 무슨 가치가 있겠는가. 몸이 아파 견딜 수 없는데, 보기 좋은 그림이나 재미있는 영화가 눈에 들어오겠는가. 내 마음이 향하는 곳, 내 마음이 가 있는 그곳에 세상이 존재하고, 의미가 생겨난다. 따라서 세상을 바라보는 내 마음이 어떠냐에 따라 세상이 달라진다. 내가 기쁘면 세상도 즐겁고, 내가 슬프면 세상은 비극으로 가득 차 있다. 내가 너그러우면 세상도 아름다워진다.

세상은 언제나 한결같다. 다만 내 마음이 닿아서 행복과 불행의 색깔을 결정한다.

스승님
저는
이세상이
언제
만들어
졌는지
압니다

9년전
입니다

네가
나이가
아홉살이로
구나

허참
세상은
전부분에
만들어
진
다

그래
만들
어졌
다

본래 성품

제자가 스승에게 자신의 성품을 탓하며 심하게 자책했다.

"스승님, 저는 성질이 못된 것 같습니다. 한번 화가 나면 억제할 길이 없습니다."

"그래? 그렇다면 지금 나에게 화를 내 보아라."

"아무리 제가 막된 성품을 지녔다고 해도 어찌 아무 때나 아무 데서나 성질을 부리겠습니까."

"언제 화를 참을 수가 없더냐?"

"저도 잘 모르겠습니다."

"그렇다면 그 못된 성질은 너의 본래 성품이 아니다."

본래 성품이라면 원하기면 하면 언제 어디서나 누구에게든 밖으로 내보일 수 있어야 하는 법이다. "그 녀석은 본래 못된 녀석이야." "저 아이는 원래 그렇게 착해." 하는 말들은 옳지 않다. 우리의 본래 성품은 깨끗한 거울과 같아서 선한 마음을 비추면 아름다워지고 분노나 미워하는 마음을 비추면 추한 모습으로 변한다. 스스로 만들어 내는 마음에 따라 수시로 모습을 달리하는 것이 성품이다. 내 마음을 잘 살펴 헛된 욕망을 쉼 없이 닦아 나가면 본래 성품이 환하게 드러난다.

지금 흰 종이와 같은 당신의 마음에 어떤 그림을 그리고 있는가?

스승님 저는 성질이
못된 것 같습니다

그래
그렇다면
나에게
한번
화를
내
보거라

들꽃 한 송이

스승과 함께 봄 길을 나선 제자가 여기저기 곱게 핀 꽃들을 보며 감탄
했다.

"스승님, 꽃들이 참으로 아름답습니다."

"그렇구나, 세상 온갖 인연이 피었으니 어찌 아름답지 않겠느냐?"

"세상 온갖 인연이 다 피었다니 무슨 뜻입니까?"

"한 송이 꽃에 우주가 다 들었느니라."

한 송이 꽃이 피기 위해서는 온 우주의 인연이 모두 필요한 법이다. 따스한 햇
살과 바람, 땅에서 보태는 영양분, 오랜 시간과 맑은 물, 이들 가운데 단 하나
라도 빠지면 꽃이 필 수 있겠는가. '지금 이 순간, 바로 내가 선 이 자리'에서도
쉼 없이 우주의 인연이 피어나고 있다.

아름답게 펼쳐지는 자연의 향연 속에서 온갖 인연을 볼 수 있을 때, 본래 청정
한 내 마음도 보이고, 세상 모든 것의 의미도 새롭게 다가온다.

꽃들이 참으로
아름답습니다

한 송이
꽃에
우주가
다
들었느니라

주인공

스승이 제자에게 물었다.

"네 이름은 무엇이며 누가 그 이름의 주인공인가?"

"지금 스승님 앞에서 대답하는 제가 바로 주인공입니다."

"너처럼 말하기는 쉽지만 그 말뜻을 제대로 받들기는 쉽지 않을 것이다."

인생의 교과서는 스스로 써나간다. 자기 삶의 주인공은 자신이기 때문이다. 그러나 정작 힘든 고비가 닥치면, 왜 이렇게 힘들게 살아가야 하는지 내가 아닌 밖의 대상에서 해답을 얻으려 한다. 진정한 주인공으로 살아가려면, 행복한 삶이든 불행한 삶이든 모두가 나의 결정에서 비롯된 결과라는 사실을 깨달아야 한다. 그래서 나는 지금 무엇을 하고 있는지, 왜 이 일을 하는지, 나의 목적은 무엇인지 살피는 노력을 게을리하지 말아야 한다.

내 의지대로 살아가고 있는지 마음을 확실하게 붙들어야 주인공으로 살아갈 수 있다.

네 이름이
무엇이며

누가 그
이름의
주인공
이냐

지금
스승님을
뵙고
답하는
자가 바로
주인공
입니다

너 처럼 말 하기는 쉽지만
그 말 뜻을 제 대로 받들기는
쉽지 않을 것이다

참으로 위태로운 지경

스승이 나무 꼭대기에 올라가 앉아 있는 것을 본 제자가 걱정이 되어 안절 부절못하며 호들갑을 떨었다.

"스승님, 어찌 그리 위험한 곳에 올라가 계십니까?"

"내가 보기에는 네가 서 있는 곳이 더 위험해 보이는구나."

"저는 땅 위에 발을 딛고 서 있는데 무엇이 위험하다는 말씀입니까. 어서 내려오십시오."

"네 마음이 장작불 타듯 활활 타오르고 있는데 어찌 위험하지 않단 말이 냐."

자신을 가장 위태롭게 만드는 것은 스스로의 마음이다. 백척간두에 서 있어도 마음이 올바르고 굳건하다면 떨어질 리 없고, 평탄한 길을 가면서도 엉뚱한 생각으로 가득 차 있다면 금방 위태로운 상황에 처하게 마련이다. 무슨 일을 하든 항상 눈앞에 보이는 모습은 어떤지, 자기 발밑에 무엇이 있는지 걱정하며 전전긍긍하기보다, 내가 지금 무슨 일을 어떻게 하려고 생각하는지, 평상심을 유지하고 있는지 살펴서 자신의 마음을 다잡는 것이 훨씬 중요하다.

천 길 낭떠러지 위를 걸으면서도 내 마음을 살필 수 있으면 세상에 이루지 못할 것이 없다.

내가 보기엔 네가 서 있는 곳이
더 위험해 보이는구나

마음의 무게

제자가 산에서 장작을 가득 지게에 짊어지고 위태롭게 내려오는 모습을
보고 스승이 물었다.

"장작이 무거우냐?"

"너무 무거워서 제대로 걸을 수가 없습니다."

스승이 지게 위에 돌을 하나 더 얹었다.

"아이고 스승님, 가뜩이나 무거운데 왜 이러시는지요?"

"그것이 네 마음의 무게이니라."

사람은 제각기 무거운 짐을 지고 살아간다. 하루하루 먹고살아야 하는 당면한
문제 말고도 그땐 왜 그랬는지, 앞으로는 어떻게 될 것인지 하는 후회와 불안
은 물론, 사랑, 미움, 슬픔, 기쁨, 근심, 아픔, 그리움… 등등, 수많은 감정 또한
마음속에 똬리를 틀고 있다. 따지고 보면 대개는 부질없는 욕망으로 말미암아
생겨난 마음의 짐이다. 스스로 무거운 마음의 짐을 만들어 피곤한 삶을 자초
한다.

마음의 무게는 욕망의 크기와 비례한다. 덧없는 욕망을 비워 내고 어두운 부
정적 사고의 그늘에서 빠져나와야 한다.

069

나는 나를 모른다

길을 가던 스승과 제자가 어떤 마을에서 아이들을 만났다. 스승이 한 아이
를 붙잡고 이렇게 물었다.

"애야, 너는 나를 아느냐?"

"처음 뵙습니다."

"허허, 그래 내가 보이긴 하느냐?"

"예, 지금 제 앞에 계시지 않습니까?"

그러자 제자가 영문을 몰라 하며 스승에게 물었다.

"아니, 지금 앞에 계시면서 보이느냐고 물으시니 무슨 까닭입니까?"

"나는 나를 알지 못하는데, 이 아이는 내가 보인다니 신기해서 그런다."

지금 세상을 살아가고 있는 나는 누구인가. 진짜 나는 누구인지 알지 못한 채
살아가고 있다. 내 탐욕이, 내 어리석음이 만들어 낸 존재로 살아간다. 일시적
으로 채워지는 욕구를 영원한 내 것으로 착각하고 휘둘러 살아가고 있다. 이
렇게 만들어진 나는 진짜 나인가? 나를 보는 이들은 그런 내가 참된 나인 줄
알 수밖에 없다. 나도 나를 모르고 있으니 다른 이들이 어찌 나를 알겠는가.

내 안에 깃들어 있는 내 참된 성품, 헛된 욕망에 사로잡혀 있지도 않고 본래
맑고 밝은 나를 깨달아야 한다.

불씨

몹시 추운 어느 날 스승과 제자가 화로를 사이에 두고 앉아 있었다. 얼마
후, 화롯불이 사그라져 제자가 나가려 하자 스승이 물었다.

"어디를 가느냐?"

"부엌으로 불씨를 가지러 갑니다."

"먼저 화로 속에 불씨가 있는지 찾아보아라."

화로를 뒤적거려 본 제자가 말했다.

"아무리 찾아도 없습니다."

그러자 스승이 한참을 헤집더니 조그마한 불씨를 찾아냈다.

"이것은 불씨가 아니고 무엇이더냐?"

사람들은 화로 속의 불씨를 열심히 찾기보다는 밖에서만 구하려고 한다. 대수
롭지 않은 어려움이라도 자신의 힘에 부친다고 생각되면 우선 남들에게 의지
하려고 한다. 자기 안에 지닌 것을 찾아내, 부족함을 메울 수 있다는 것을 모
르는 탓이다. 만약 실패의 쓴잔을 마시고 희망의 불씨를 찾고 있다면 자신의
마음을 샅샅이 뒤적여 보라. 일상의 미혹으로 가려져 있던 불씨가 환하게 드
러날 것이다.

행복으로 가고 싶다면 먼저 내 마음속에 숨어 있는 희망의 불씨를 찾아 일구
어 내자.

이것은 불씨가 아니고 무엇이더냐

어디로 날아가려 하는가

어느 겨울날, 물가에서 무리지어 날아가는 기러기를 보고 있던 스승이 제자에게 물었다.

"저 새는 무슨 새이냐?"

"기러기입니다."

"어디로 날아가느냐?"

"날씨가 추워지니 따뜻한 남쪽으로 날아가는 듯합니다."

"너는 어디로 날아가려 하느냐?"

우리는 어디에서 와 어디로 가는가? 새는 편히 쉴 곳을 찾아 수천 킬로미터를 아랑곳하지 않고 수고로움을 다한다. 때로 깃털이 상해도 쉼 없이 날아간다. 그곳이 어디인가? '내'가 태어난 곳, 생명의 순리를 따라 본연의 나를 찾을 수 있는 곳이다. 이런 새들의 마음에 잡티가 섞일 수 없다. 좀 더 편하게 가는 길은 없을까, 남들보다 쉽고 빠르게 가는 방법은 없을까, 이런 헛된 욕심을 부리지 않고, 잇속을 따지지도 않기 때문이다. 그런데 '나'는 어떤가? 어디로 가려 하는가? 한순간의 탐욕과 이기에 물들지 않고 바른길을 따르는가? 혹시 이루고자 하는 것이 기껏 남들에게는 괴로움을 안겨 주는 일은 아닌가?

본래 타고난 마음, 나와 남을 구별함 없이 고통을 겪고 있는 존재를 향한 따뜻한 마음자리, 그곳이 내가 가야 할 곳이다.

저 새는 무슨 새이냐

어디로 날아 가느냐

너는 어디로 날아가려 하느냐

잘 듣는 것이 잘 배우는 것

어떤 학자가 찾아와 쉴 새 없이 떠들며 자신의 박식함을 자랑했다. 견디지 못한 제자는 자리를 박차고 일어났지만 스승은 묵묵히 참고 듣고 있었다. 학자가 돌아간 후 제자가 물었다.

"스승님, 어찌하여 아무런 말씀도 하지 않으셨습니까?"

"내가 무슨 말을 해야 했겠느냐?"

"그렇게 잘난 척하는 사람에게 한마디쯤 가르침을 주시지 그러셨습니까?"

"잘 배우는 것은 잘 듣는 것이니라. 그는 내게서 아무것도 얻지 못했지만 나는 그에게 많은 것을 배웠다. 너도 최소한 그가 떠드는 소리를 듣고 잘난 척하는 사람에게서는 배울 것이 없다는 사실을 알지 않았느냐?"

불교의 팔만사천 경전은 모두 "이와 같이 들었다."라는 문장으로 시작된다. '듣고 있으면 내가 이득을 얻고, 말하고 있으면 남이 이득을 얻는다.'는 아라비아 속담도 있고, '말하는 것은 지식의 영역이고, 듣는 것은 지혜의 영역이다.'라는 말도 있다. 오늘날 전해지는 수많은 지혜는 이처럼 듣는 데서 시작되었다. 누구에게든 어떤 말이든 듣다 보면 반드시 배울 것이 생긴다. 잘 듣기 위해서는 노력이 필요하다. 자신의 마음을 고요하게 가라앉혀 상대에게 집중하고 경청하다 보면 자신을 찬찬히 들여다볼 수도 있다.

경청의 지혜를 키우면 배우는 것이 많아질 뿐 아니라 마음의 평온까지 이룰 수 있다.

배고플 때는 먹어야

어느 날 많은 사람과 함께 모여 명상을 하고 있는데, 점심때를 알리는 음악 소리가 들려오자 제자가 손뼉을 치며 크게 기뻐했다. 명상에 잠겨 있던 사람들이 얼굴을 찌푸리며 이구동성으로 제자를 비난했다.

"경건한 자리에서 어찌 밥 먹으라는 소리에 그리 호들갑을 떠는가."

"밥 먹는 것이 그렇게 기쁜가?"

이 모습을 지켜보던 스승이 제자에게 물었다.

"평상시에는 그러지 않더니 오늘은 어찌 그러느냐?"

"오늘은 제가 아침을 걸러 몹시 배가 고팠습니다. 그러니 어찌 점심시간이 기쁘지 않겠습니까."

인생의 참뜻과 사람됨의 도리는 평상심에 있다. 평상심이란 배고프면 먹고 졸리면 자고 목마르면 물을 마시는 것이니, 마음과 몸이 시키는 대로 하는 것이 도(道)의 근본이다. 배가 고픈데 음식이 나와도 시큰둥하다면 정직한 일이 아니다. 이 때문에 성현들은 모름지기 어린아이의 마음을 배울 것을 강조해 왔다. 세상사의 번뇌와 욕망에 물들어 자신의 바람을 속이면 평상심을 유지할 수 없기 때문이다. 마음공부는 지극히 평범한 일상 속에 참다운 진리가 숨 쉬고 있음을 아는 것이다.

꾸밈없이 정직하게 자신을 살펴 마음이 바라는 대로 생활할 때 행복이 가까이 온다.

평온한 마음

제자가 근심스러운 표정으로 스승에게 말했다.

"제 마음이 왜 이리 불안한지 모르겠습니다. 제발 평온하게 해 주십시오."

"어디, 그 불안한 마음을 내어놓아 보아라. 그러면 내가 진정시켜 주겠다."

"마음을 찾아봤는데, 찾을 수 없습니다."

"그래? 내가 이미 네 마음을 편안하게 해 주었느니라."

불안한 마음이라는 것은 참된 본래 모습이 아니다. 그저 실체가 없는 환상에 사로잡혀 생기는 마음이다. 어두운 밤길이 불안한 것은 어느 순간에 나를 해치는 존재가 나타날지 모른다는 헛된 걱정 때문이다. 환히 불을 밝혀 환영을 없애면 평온해지지 않는가. 불안이란 살아가면서 스스로 만드는 이기와 탐욕이 본래 평온하고 평화로운 성정을 해치며 허상을 그리는 것일 뿐이다. 어느 순간마다 변화하여 사라지고 마는 색깔이나 냄새처럼 실체가 없는 불안의 원인을 밖에서 찾으려 해서는 안 된다. 오로지 마음의 집착에서 비롯되어 생긴 것이기 때문이다.

늘 깨어서 마음을 살피면 불안이 들어설 자리가 없다.

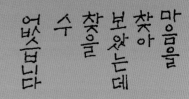

마음을
찾아
보았는데
찾을
수
없습니다

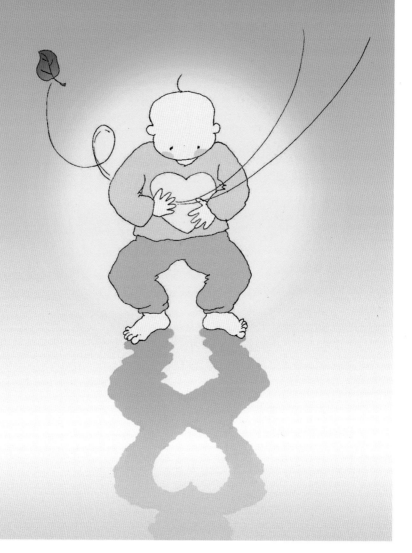

참으로 풀어야 할 것

스승과 제자가 길을 가다가 포승줄에 묶인 사람들이 지나가는 모습을 보았다.

"스승님, 저 사람들은 어떤 죄를 지었기에 저렇게 묶여서 자유를 잃게 되었을까요? 마음이 몹시 안됐습니다."

그러자 스승이 말했다.

"너는 저 사람들의 묶인 모습은 보면서 네가 묶여 있는 것은 어찌 알지 못하느냐."

"제가 어찌 묶여 있다고 하십니까?"

"너는 탐욕에 매여 있어 아름다운 여인에게 마음을 빼앗기고, 때로는 어리석음에 묶여서 화를 내고는 하지 않느냐? 그런데도 어찌 네가 자유롭다고 하겠느냐."

몸이 묶인 것은 풀면 된다. 죄를 짓고 자유를 잃었다고 해도 법이 정한 죗값을 치르면 다시 자유를 찾을 수 있다. 그러나 스스로의 마음을 묶고 있는 탐욕과 분노, 어리석음은 풀기가 쉽지 않다. 눈에 보이는 것이 아니어서 자신이 묶여 있음을 깨닫기 어렵기 때문이다. 비록 자유롭게 생활하고 있는 것처럼 보인다고 해도 참으로 자유로운 이들은 많지 않다. 나를 묶고 있는 것이 무엇인지 잘 살펴서 그 줄부터 풀어야 한다.

내 마음속의 탐진치를 알아차린 사람을 묶을 수 있는 사슬은 없다.

083

불편한 마음

어느 날 제자가 종일 방안에 틀어박혀 나오지 않자, 스승이 방문을 열고 물었다.

"왜 꼼짝도 않고 볼썽사납게 얼굴을 찌푸리고만 있느냐?"

"제 마음속에 어제 만났던 못된 사람에 대한 불쾌한 감정이 가득 차 있어서 그렇습니다."

"어떤 사람을 만났었느냐?"

"그는 제가 입고 있는 옷을 보고 남루하다고 비웃으며 놀려 댔습니다. 그 사람은 물론 매우 좋은 옷을 입고 있었습니다."

그러자 스승이 꾸짖었다.

"너는 그 사람이 너를 놀려서 불편한 것이 아니다. 너 스스로 네 옷이 남루하다는 생각을 했던 것은 아니냐."

다른 사람들의 평가에 자신의 마음이 흔들리는 것은 바깥에서 마음의 평온을 찾으려 하기 때문이다. 그러나 참다운 평온은 자기 스스로 탐욕과 번뇌의 숲을 떠날 때 찾아온다. 옳고 그름이나 좋고 나쁨의 사리 판단을 남에게 의지하지 않고, 남과 비교하거나 남에게 지지 않으려는 욕망에서 벗어난다면 어떤 평가에도 마음의 평온을 유지할 수 있다.

자기 스스로 당당하고 자신감이 있는 사람이라면 남들의 무의미한 평가에 귀를 기울여 마음이 흔들리지 않는다.

그는 제가 입고 있는
옷을 보고 남루하다고
비웃으며 놀려 댔습니다

너는 그 사람이 너를 놀려서
불편한 것이 아니라
네 스스로 네 옷에 대해
그런 생각이
있었던 것은 아니냐

자기 안의 적

제자가 친구와 싸우고 나서 시름에 잠겨 있는 걸 본 스승이 물었다.

"너는 왜 그리 시름에 잠겨 있느냐?"

그러자 제자는 한쪽에서 책을 읽고 있는 친구를 가리켰다.

"저 녀석이 미워서 견딜 수가 없습니다. 항상 저를 괴롭힙니다. 혼을 내 주고 싶은데, 저 녀석은 저보다 수행도 잘돼 있고, 기운도 저보다 셉니다. 도무지 어떻게 해 볼 도리가 없습니다."

"그렇다면 네 안에서 길을 찾아보아라."

전쟁터에서 수천, 수만의 적군을 물리치는 사람보다는 자신을 이기는 사람이야말로 참된 용사이다. 가장 큰 적은 마음 밖에 있지 않다. 스스로의 마음 안에서 일어나는 미움과 탐욕이 가장 큰 적이다. 감정을 절제하며 마음을 다스리면 자신을 묶고 있던 사슬이 풀려 자유로워진다. 지혜의 등불이 길을 밝혀 어두운 세상의 바다에서 방황하지 않는다. 삶의 진정한 주인이 되면 상상하기 어려운 능력을 자유롭게 발휘한다. 가슴은 항상 맑은 기운으로 가득 차게 될 것이다.

진정한 적은 내 안에 있는 법, 자신의 마음을 다스리는 것이 참으로 이기는 길이다.

목적 없는 행동

어느 날 저녁, 스승이 제자에게 내일 아침 일찍 일어나 필요한 것을 사 와
야 하니 마을을 다녀와야 한다고 일러두었다. 다음 날 아침, 스승이 일어
나 보니 제자가 보이지 않았다.

"도대체 어딜 간 거지?"

궁금해하고 있을 때 제자가 숨을 헐떡거리며 들어왔다.

"어딜 그리 급히 다녀오느냐?"

"예, 오늘 아침 일찍 마을에 다녀오라고 하셔서 다녀오는 길입니다."

"뭐라고! 마을을 다녀왔다고. 그래 마을에서 무엇을 가지고 왔느냐?"

"그냥 다녀오기만 했습니다."

마음이 함께하지 않는 지각없는 행동은 무의미하기 짝이 없어 하지 않느니만
못한 법이다. 갓난아이도 울 때는 젖을 먹고자 울고, 들판에 이름 없이 서 있
는 나무도 겨울을 잘 맞이하려고 잎을 떨어트린다. 그런데 종종 어떤 일을 하
면서 아무런 목적도 없이 허둥대기만 하는 때가 많다. 일상 자체에 매몰돼 무
의미하게 시간을 보내며, 삶의 목적도 잃어버리는 것이다. 그렇게 되면 그저
하루하루 타성에 젖어 관성적으로 지내기 마련이다. 무슨 일을 하든 왜 하는
지, 이 일을 통해 내가 얻고자 하는 것이 진정 무엇인지 살펴야 한다.

매 순간 자신이 목적 있는 행동을 하는지 살펴야, 삶을 헛되게 낭비하지 않을
수 있다.

소박한 생활

하루는 돈 많은 부자가 스승과 제자가 머무는 오두막을 찾아왔다. 식사 때가 되어 제자는 김치 하나만 달랑 놓인 밥상을 가져왔다. 김치를 맛있게 먹은 부자가 스승에게 물었다.

"아니, 도대체 이 김치는 어떻게 담그셨기에 이렇게 맛있습니까?"

"그저 이곳에서 늘 먹는 김치일 뿐입니다."

"그런데도 이렇게 맛이 있다니, 무슨 비법이 있는 것 같습니다. 제게도 좀 일러 주시지요."

"이 김치는 저의 제자가 담근 것이니 제자에게 물어보시지요."

그러자 제자가 쑥스러운 듯 얼굴을 붉혔다.

"아닙니다. 그저 소금에 절였다가 고춧가루를 약간 넣은 것뿐입니다."

온갖 산해진미에 길든 부자에게는 어떤 화려한 음식도 맛이 없었을 것이다. 솔로몬은 인생의 의미와 행복을 알고자 권력과 재물 그리고 지혜를 동원하여 여러 분야에서 큰 업적을 쌓았다. 그러나 "아무리 좋은 음악을 들어도 성에 차지 않고 아무리 좋은 것을 보아도 만족할 줄 모르며, 아무리 많이 가져도 성취감을 느낄 수 없었다. 아무리 먹어도 식욕은 채워지지 않고 아무리 마셔도 마음의 목마름은 해갈되지 않았다." 하고 한탄했다. 자신을 필요 이상의 풍요로움 속에 방치할수록 마음은 불행에 가깝게 다가간다.

탐욕에서 해방된 단순하고 소박한 생활이 참된 행복을 맛보게 해준다.

세상에서 가장 훌륭한 일

제자가 스승에게 물었다.

"스승님, 저 성자는 도를 깨달으신 훌륭한 분이라고 합니다. 저 성자께서 하시는 가장 특별하고 훌륭한 일이 무엇입니까?"

"그저 온종일 가만히 산봉우리에 홀로 앉아 있는 일이다."

"그게 뭐 대단한 일입니까? 누구나 할 수 있는 일이 아닙니까?"

"누구나 할 수 있는 일이 그야말로 특별한 일이라는 걸 깨닫는 것은 아무나 할 수 있는 일이 아니다.

기적은 내 일상, 내 주변에 가득하다. 두 발로 걸을 수 있는 것은 수십만 년을 네발로 기던 조상 인류의 지혜가 쌓이고 쌓인 위대한 능력이다. 손을 써서 사냥으로 먹을거리를 마련하고, 농사를 짓고 집을 지어 살아가고, 옷을 만들어 입는 있는 일들 말고 어디에서 기적을 찾을 수 있겠는가. 숨을 쉬고 일을 하고 밥을 먹고 잠을 자고 아침이면 일어나 새로운 날을 시작하는 모든 순간을 돌아보라. 수없이 많은 인연이 모여 만들어 낸 결과이다.

내 삶의 모든 순간, 모든 일이 위대한 기적임을 그리고 행복임을 깨닫는 것, 그것 말고 달리 깨달을 일이 무엇이 있겠는가.

저 성자는 돌을 꿰달으신 훌륭한 분이라고 합니다 저 성자께서 하시는 가장 특별하고 훌륭한 일이 무엇입니까 그저 하루종일 산봉우리에 홀로 앉아 있는 일이다

제3장

내려놓다

마음이란 참으로 변하기 쉬워서 지키기 어려우며,
다스리기도 어렵다. 기분을 따라
또 대상과 경계를 따라 끊임없이 움직인다.
비교하지 말고 조급해하지 말며,
한결같은 마음으로
일순간의 욕망에 흔들리지 않을 때,
진정한 행복이 깃든다.

"스승님, 진리는 어디에 있습니까?"
"어디에 있는지 찾으려고 허둥대는 그 성급한
마음부터 내려놓아라."

보름달과 초승달

제자가 스승에게 물었다.

"저 달이 초승달이 될 때는 둥근 모습은 어디로 갑니까?"

"초승달일 때는 둥근 모습이 숨고, 보름달 속에는 초승달이 있다."

"그렇다면 보름달 속에 초승달이 있는 것이 아니라 초승달 속에 보름달이 있는 것 아닙니까?"

"초승달일 때도 초승달이 아니요, 보름달일 때도 보름달이 아니다."

달은 언제나 보름달로만 존재하는 것이 아니라 초승달로 나타나기도 하고 때로는 모습을 감추고 그믐달로 변하며 변화무쌍하게 자신의 모습을 연출해 낸다. 밤하늘의 수많은 별자리가 한낮이 되어 보이지 않게 된다고 해서 영영 없어지는 것은 아니다. 달 또한 사라지는 것이 아니고 변하는 것도 아니다. 차고 기우는 것은 달이 아니다. 보는 사람의 마음이 차고 기울어, 내 마음에 비친 모습대로 초승달이니 보름달이니 구분하는 것이다. 내 마음이 비추는 대로만 세상을 바라보면 본래 모습을 알 수 없게 된다. 본래 모습을 알 수 없으니 미움이 생겨나기도 하고, 애착이 자리를 잡기도 한다.

항상 마음을 일깨워 삶의 본래 모습을 볼 수 있는 지혜를 길러야 한다.

초승달일 땐도 초승달이 아니오
보름달일 땐도 보름달이 아니다

화려한 옷

스승이 부자가 마련한 큰 행사에 초대를 받아 제자와 함께 갔다. 스승의 명성만 듣고 초대한 주인이 먼발치에서 평소처럼 남루한 옷차림으로 행사장에 들어오려 하는 스승을 보더니 하인에게 말했다.

"저 초라한 자가 이런 좋은 자리에 들어오려 하다니 행사를 망치겠구나. 썩 내쫓아라."

하인에게 쫓겨난 스승이 이번에는 옷을 화려하게 차려입고 다시 들어갔다. 그러자 주인이 스승을 알아보고 정중하게 맞이했다.

"어서 안으로 드십시오. 그리고 큰 가르침을 주십시오."

그러자 스승은 화려한 옷을 벗어 주며 말했다.

"내가 이 가사(袈裟)를 드릴 테니 이 가사에 가르침을 들으십시오. 소생은 조금 전에 이미 쫓겨나지 않았습니까?"

화려한 옷을 모셔 놓고 가르침을 청하는 어리석은 사람은 아무도 없을 것이다. 그럼에도 많은 사람들이 내면은 텅 빈 채로 끊임없이 얼굴을 고치고 명품으로 치장하며 남에게 비치는 겉모습만 가꾸려 애쓴다. 하지만 그럴수록 마음은 황폐해지고, 급기야는 자신의 정체성까지 부정하는 결과를 낳기도 한다. 부단히 마음을 일깨워 맑게 가꾼다면 꾸미지 않아도 그 향기가 겉으로 배어 나오게 마련이다.

겉치장으로는 결코 흉내 낼 수 없는 내면의 아름다움을 가꿔가야 한다.

나누면 넉넉하다

손님이 찾아온다는 스승의 말을 들은 제자가 걱정했다.
"손님까지 세 사람이 함께 먹을 음식을 짓기에는 솥이 너무 작습니다."
"그냥 밥을 하여라. 셋이 먹기에는 부족할지 모르나 천 명이 먹기에는 넉
넉하다."
"어찌 그렇습니까?"
"서로 먹겠다고 다투면 두 사람에게도 부족하고, 서로 사양하면 천 명이
먹고도 남는다."

고통과 슬픔은 나눌수록 작아지고 기쁨과 행복은 나눌수록 커진다. 나눌수록
자신도 풍성해지며 더 많은 것을 얻게 된다. 가진 것이 없을수록 나누려는 따
스한 마음을 잃지 말아야 한다. 가난하기 때문에 베풀 수 없는 것이 아니라 가
난하기에 더 베풀어야 한다. 가난한 농부일수록 더 많은 땅에 씨앗을 뿌리고
더 열심히 일해야 하는 것과 마찬가지이다. 물질의 풍요보다 훨씬 값진 마음
의 풍요를 누릴 수 있기 때문이다.

자신의 처지가 어떠하더라도 배려와 사랑을 일깨우는 나눔의 마음은 모든 행
복의 근원이다.

손님이 와서 세 사람이 먹을 음식을 하는데 행자는 솥이 작습니다

서로 먹겠다고 다투다 다 먹으면 사람에게 부족해도 설령 사양하면 천명이 먹고도 남는다

늘 하던 대로

제자가 몸이 아프다고 드러누워 해야 할 일을 하지 않는 것을 보고 스승이
물었다.

"왜 물을 길어 오지 않았느냐?"

"제가 몸이 좀 아파서 그렇습니다."

"어디가 그렇게 불편한 것이냐?"

"온몸이 쑤셔서 움직일 수가 없습니다."

"그렇다면 평상시 건강할 때는 어떻게 일을 했느냐?"

건강할 때 하던 일을 몸이 조금 아프다고 해서 하지 못하는 것은 건강할 때와
아플 때의 마음가짐이 서로 다르기 때문이다. 세상을 살아가다 보면 뜻하지
않은 시련이 수도 없이 찾아온다. 그럴 때마다 마음이 흔들리거나 약해진다
면 평상시에 쉽사리 해 오던 일마저 포기할 수밖에 없다. 마음이 먼저 핑계를
대고 물러서기 때문이다. 할 수 없다고 생각하면 아무리 하찮은 일이라도 하
기 어렵고, 할 수 있다고 마음먹으면 아무리 힘든 일이라도 해낼 수 있다.

몸은 마음이 이끄는 대로 따라가는 법, 강한 인내의 갑옷을 갖추고 한결같은
마음으로 물러서지 않으면 몸도 평상시의 상태를 곧 회복하기 마련이다.

온 몸이
쑤셔서
옴짝일 수가
없습니다

평상시
건강할 땐
어떻게
일을
했느냐

연꽃과 연잎

스승과 함께 연꽃이 가득 핀 연못가를 거닐던 제자가 물었다.
"스승님, 연꽃이 아직 물속에서 나오지 않았을 때는 무엇이라고 부릅니까?"
"연꽃이라고 부른다."
"그러면 물 위로 나왔을 때는 무엇이라고 합니까?"
"연잎이라고 한다."

물속에 있을 때나 활짝 피었을 때나 연꽃은 언제나 연꽃일 따름이다. 물속에서 아직 피지 않은 연잎을 연꽃이라 말하고, 물 밖으로 나와 꽃을 피워 올린 연꽃을 연잎이라고 말하는 스승의 속뜻은 무엇일까? 연잎을 떠난 연꽃은 있을 수 없다. 굳이 구분 지어 이름을 달리 부르는 것은 마음이 만들어 낸 잘못된 관념일 뿐이라는 사실을 일깨우기 위함이다. 겉으로 드러난 모습에만 집착하여 근본은 다르지 않다는 사실을 잊어서는 안 된다.

내 멋대로 붙인 이름과 고정관념으로 말미암아 상대의 본 모습을 놓치고 있는 것은 아닌지 항상 경각심을 일깨워야 한다.

연꽃이 아직 물 속것
나오지 않았을 때는
무엇이라고 부릅니까

연꽃이라
부른다

그러면 물위로
나왔을 때는
무엇이라고 합니까

연잎이라고
한다

소중한 것

스승이 책을 한 권 꺼내 들고 제자에게 말했다.

"이 책은 나의 스승께서 물려주신 귀한 책이다. 너는 나의 가르침을 이어 받은 제자이니, 그 증표로 너에게 이 책을 물려주고 싶구나."

"그렇게 귀한 책이라면 스승님께서 간직하십시오."

"이렇게 책을 증표로 물려주는 일은 오래전부터 계속돼 온 관습이니 고집을 부리지 말고 받아 두어라."

하는 수 없이 책을 받은 제자가 받자마자 화롯불 속에 던져 버렸다. 그 모습을 본 스승은 빙그레 웃으며 만족해했다.

"네가 진정으로 나의 가르침을 이어받았구나."

어떤 일을 하든지 밖으로 드러내 자랑을 해야 직성이 풀리는 사람이 있다. 그러지 않고서는 '내가 이 일을 해냈다'는 성취감을 느끼지 못한다. 자기가 한 일에 스스로는 자부심을 갖지 못하는 까닭이다. 남들이 부러워 마지않는 훌륭한 학교를 졸업한 학생에게 소중한 것은 그가 성취한 학문인가, 명문교를 졸업했다는 증표인가? 졸업장이나 학위증에 집착하여, 자신이라는 상품에 가짜 브랜드를 붙여서 시중에 내놓고도 양심의 거리낌을 느끼지 못하는 풍조를 여실히 드러낸 것이 가짜 학위 파동이었다.

스스로 흡족한 일을 했는가? 그렇다면 증표에 매달리는 천박한 심성일랑 과감히 불 속으로 던져 태워 버릴 일이다. 내 마음의 성취가 가장 소중하다.

이렇게
책을
증표로
주는
일은
오래전
부터
계속돼온
일이니
고집
부리지말고
받아
두거라

너가 나의 참 가르침을 이어받았구나

어디로 가려는가

제자가 갑자기 짐을 싸고 하직 인사를 하자 스승이 물었다.

"어디로 가려 하느냐?"

"절대로 변하지 않는 진리를 찾아 떠나려 합니다."

"어디에서 그런 진리를 찾을 수 있겠느냐?"

"누구나 거짓 없이 바르게 사는 곳에 가면 진리를 만날 수 있지 않겠습니까?"

"그렇다면 네가 굳이 떠날 필요가 있겠느냐?"

세상을 살다 보면 누구나 일탈하고 싶은 감정이 생기기 마련이다. 따분한 일상을 벗어나 지금까지와는 다르게 살아 보고 싶기도 하고 무엇인가 새로운 욕구를 채우면 마음의 평안을 누릴 수 있지 않을까 생각하기도 한다. 그러나 마음의 평화와 안락은 결코 먼 곳에 있지 않다. 지금 서 있는 곳에서 주어진 삶을 최선으로 영위할 때 찾아지는 것이다. 나태한 습성을 그대로 둔 채 무작정 바깥 세상에 행복이 기다리고 있으리라는 기대는 허망하기 짝이 없을 따름이다.

눈으로 볼 수 없는 파랑새를 찾으려 하거나 무지개를 움켜쥐려 방황하지 말고 지금 이 자리에서 내 마음가짐을 굳건하게 해야 한다.

어디로 가려 하느냐

절대로 변하지 않는 곳으로 가려합니다

그렇다면 네가 굳이 떠날 필요가 있겠느냐

이미 다 가르쳐 주었다

산에서 땔감을 해 오던 제자가 스승에게 항변했다.

"스승님, 제가 스승님 밑에서 공부한 지 벌써 십 년이 지났는데도 어찌하여 진리를 가르쳐 주지 않으십니까?"

"네가 나에게 온 이후로 한시도 가르치지 않은 적이 없었다."

"언제 어떻게 가르쳐 주셨습니까? 저는 허구한 날 나무나 해 오고 밥이나 짓고 그럴 뿐이었습니다."

"네가 차를 끓여 오면 나는 차를 마셨고, 밥을 지어다 주면 밥을 먹었으며 절을 하면 절을 받아 주었다. 내가 가르치지 않은 것이 무엇이 있느냐?"

세상을 지혜롭고 행복하게 잘 사는 길은 일상에 있다. 특별한 일 없이 무탈하게 지내면서 차를 마시고, 밥을 잘 먹는 일, 그것이야말로 살아가는 데에 가장 요긴하고 중요한 진리이다. 매일 되풀이하는, 평범하기 짝이 없는 일상생활에 참된 진리가 숨어 있다. 우리의 눈이 어두워 보지 못하고 마음이 닫혀 있어 알지 못할 뿐이다. 어디에 행복의 비결이 숨어 있는지 찾으려고 끊임없이 두리번거리며 허둥댈 필요가 없다. 오히려 성급한 그 마음만 내려놓으면 된다.

때에 맞추어 해야 할 일을 하면서 자신의 삶을 충실하게 사는 마음에 행복이 깃든다.

스승님
제가 스승님
밑에서 공부한 지
벌써 십 년이
지났는데도

어째서
진리를
가르쳐 주지
않으십니까

네가
차를 끓여
오면
나는
차를 마셨고

밥을 지어다 주면
밥을 먹었으며

절을 하면
절을 받아 주었다

내가
가르치지 않은 것이
무엇이 있느냐

호랑이는 호랑이

스승과 제자가 산길을 가다가 호랑이를 만났다. 스승은 아무 말 안 하고 조용히 숨을 죽였다. 하지만 제자는 크게 소리를 질렀다. 호랑이가 가소롭다는 듯 지나쳐 버리자 스승이 물었다.

"참으로 대단하구나. 호랑이가 어떻게 보였느냐?"

"고양이처럼 보여서 별로 겁이 나지 않았습니다. 스승님께서는 호랑이가 어떻게 보였습니까?"

"나한테는 호랑이같이 보였다."

호랑이는 호랑이고, 고양이는 고양이다. 뛰어난 사육사라도 호랑이를 말 잘 듣는 고양이로 만들지는 못한다. 아무리 다그쳐도 호랑이는 호랑이일 뿐, 고양이를 대하듯 다루면 큰 곤란을 겪는다. 어리석은 사마귀가 주제를 모르고 수레바퀴에 맞선다는 '당랑거철(螳螂拒轍)'이라는 고사성어는 교만한 사람의 무모함을 경계하려 함이다. 자신의 훌륭함에 도취하여 제 능력도 모르고 제멋대로 날뛰면 화를 당하기 십상이다. 고갯길을 오르면서도 평지처럼 뛰어오르다 보면 얼마 가지 못해서 주저앉고 말 것이 자명하지 않은가.

무릇 일이나 사물의 본성을 있는 그대로 이해하고 받아들이며 자신의 능력을 알고 분수를 지키려는 마음가짐이 중요하다.

참으로 대단하구나 호랑이가 어떻게 보였
느냐

고양이 처럼 보여 별로 겁이 나지 않았습니다
이가 어떻게 보였습니까

그런데 스승님께서는 호랑
나한테는 호랑이 같이
보였다

돈을 벌어야 하는 이유

제자가 과수원에서 열심히 일하는 동안 스승은 나무 그늘에서 한가롭게
누워 낮잠을 즐기자 제자가 물었다.

"스승님은 왜 열심히 일을 해서 돈을 벌려고 애쓰지 않으십니까?"

"그래, 넌 돈을 많이 벌고 싶으냐?"

"예, 쉬지 않고 일을 해서 돈을 모으고 싶습니다."

"왜 돈을 모으려고 하느냐?"

"돈을 많이 모으면 그다음엔 일하지 않고 놀면서 살 수가 있거든요!"

"그래? 얘야, 그런데 난 모아 놓은 돈이 없는 지금도 이렇게 충분히 놀면서
살 수가 있단다. 그런데 무엇 하러 힘을 들여서 돈을 벌려고 기를 써야 하
겠느냐."

행복은 무엇으로 가능한가? 화목한 가정과 건강, 넉넉한 재산을 꿈꾸는 이들이
많다. 그래서 행복을 이루고자 돈과 권력, 명예를 추구한다. 그러다 왜 이러한
것들이 필요한지 잊어버리고, 돈벌이 자체에만 매달리는 경우가 흔하다. 결국
돈 모으는 일에 매몰되어 일상에서 누리고자 했던 행복은 점점 멀어져 가고
만다. 네 잎 클로버의 꽃말은 행운이다. 길에서 흔하게 볼 수 있는 세 잎 클로
버의 꽃말은 행복이다.

성실하게 열심히 일하는 것은 물론 바람직하지만, 목적을 잃어버리고 일 자체
에만 매달려 바둥대는 것은 내 곁의 행복을 애써 외면하는 것이나 진배없다.

스승님은
왜 열심히 일을 해서
돈을 벌려고
애쓰지 않으십니까

왜
돈을 벌려고
하느냐

돈을 많이
모으면
그 다음엔
일으면
하지 않고
쉴 수가
있거든요

난 모아 놓은 돈이 없는 지금도
청명한 날에서 살 수가 있단다

늘 슬퍼하는 사람

스승과 함께 길을 가던 제자가 얼굴에 슬픔이 가득한 사람을 보고 스승에게 물었다.

"저 사람은 왜 저리 슬퍼할까요?"

"저분은 참으로 수행을 많이 한 분이다. 그래서 늘 저렇게 슬픈 얼굴을 하고 있단다."

"수행을 많이 했으면 슬퍼할 일도 분노할 일도 없을 텐데, 어찌 저리 슬퍼합니까?"

"진정으로 깨달은 사람은 세상 사람들이 겪는 모든 고통을 함께 느끼기 때문이다."

세상을 살면서 나 홀로 행복하고 나만 즐거울 수는 없다. 이것이 있으므로 저것이 있고 저것이 없으면 이것도 없다. 지구상에 존재하는 모든 생명은 혼자서는 온전하게 그 의미를 갖기 어렵다. 주변이 온통 어려움에 가득 차 있는데, 나만 홀로 풍요로운 생활을 누릴 수 있는 상황은 있을 수 없다. 나와 함께하는 모든 이들이 행복할 수 있어야 나도 행복할 수 있다. 자비의 실천은 결국 나 자신을 위한 게 아니겠는가.

다른 이들의 사정에 공감하지 못하는 이들은 존중받지 못한다. 슬픔을 보면 함께 눈물을 흘리고, 기쁨을 보면 함께 즐거워하는 마음 그것이 행복과 깨달음에 이르는 지름길이다.

저
사람은
왜 저리
슬퍼
할까요

저 분이 늘 저렇게
슬픈 얼굴을
하고 있는 것은
사람들이 겪는
모든 고통을
함께 느끼기 때문이다

마음을 내려놓아야 몸이 편해진다

병이 나서 누워 있던 제자가 간호하는 스승에게 물었다.

"병이란 도대체 무엇입니까?"

"조금이라도 마음에 어지러운 생각이 있으면 그것이 병이니라."

"어찌하면 그 병을 고칠 수 있겠습니까?"

"마음에 어지러운 생각이 일어나지 않는 것이 약이 되느니라."

사소한 질병은 마음에서 비롯되는 경우가 많다. 마음이 흔들리고 어지러워지면 몸의 조화와 균형이 깨지고, 그러면 어딘가 병이 생긴다. 이루어지기 어려운 일에 대한 지나친 욕심, 누군가를 미워하는 마음, 조바심과 스트레스, 이런 것들이 몸을 해치는 근원이다. 자기 몸속의 탐욕과 이기심, 오만을 버려야 건강한 몸과 마음을 유지할 수 있다. 분노와 집착을 버리면 마음속에 맺힌 원망과 불만과 굳은 관념들이 눈 녹듯 녹아내리면서 몸이 반응하기 시작한다.

마음을 내려놓으면 몸도 편해진다. 건강한 삶을 살고 싶다면 마음부터 다스릴 일이다.

조금이
라도

에 음마

어지런운
생각이 있으면

그것이
병이니라

그냥
다

면

병을

어떻게

고칠 수

있겠

습니

까

마음에

어지런운

생각이

일어나지 않는

것이

약이 되느니라

119

한 알에서 세상이 나온다

제자가 쌀을 씻고 있는데 쌀 한 알이 떨어져 있는 것을 본 스승이 제자를 나무랐다.

"소중한 쌀을 이리도 함부로 다루다니, 큰일이로구나."

"저는 쌀을 소중히 여겨 소홀히 하지 않았습니다."

스승이 쌀 한 알을 집어들었다.

"이 쌀은 무엇이냐? 단 한 알이라도 소홀히 해서는 안 된다. 이 한 알에서 세상이 나오느니라."

문익점이 몰래 들여온 목화씨 몇 톨이 종내에는 우리 민족의 삶과 고려와 조선의 국가 경제를 근본적으로 뒤바꿔 놓은 것을 기억하는가. 모든 것은 티끌 하나에서 시작된다. 태산도 티끌 같은 모래 한 알 한 알이 쌓여 이뤄졌다. 우연히 마음속에 싹튼 창의적인 생각 하나가 온 세상을 이롭게 하는 성과를 가져오기도 한다. 별생각 없이 내뱉은 한마디 말이나 무심코 한 행동 하나가 후회스럽기 짝이 없는 화를 불러일으킨다.

단 한 순간의 방심으로도 헛된 욕망을 몰고 와 스스로 큰 불행을 자초하는 것이 우리의 마음임을 항상 명심해야 한다.

절에는 쌀을 소중히 여겨 함부로 쓰지 않았습니다.

이 쌀은 무엇이냐. 단 한 알이라도 소홀히 해서는 안 된다. 이 한 알이 세상이 나오느니라.

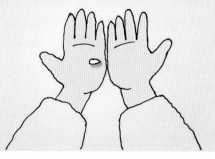

허공

어느 날 국왕이 신하들을 잔뜩 거느리고 스승을 찾아왔다. 그러나 스승은 모른 체하며 명상을 계속할 뿐이어서 제자는 마음이 몹시 다급했다.

"스승님, 왕께서 오셨습니다."

신하 몇 사람도 함께 국왕에게 머리를 조아리길 채근했으나 스승이 계속 묵묵부답이자, 왕은 화가 났다.

"짐은 이 나라를 다스리는 왕이니라. 그런데 그대는 나를 거들떠보지도 않다니 괘씸하도다."

그러자 스승이 머리를 들었다.

"폐하, 저 허공을 보십시오. 저 허공도 폐하를 알아보고 머리를 조아리는지요?"

하늘의 허공은 아무리 두드려도 메아리를 울리지 않는다. 억지로 옳고 그름을 가리지도 않는다. 사방이 막힘없이 툭 트인 그 자리에 어떻게 시비가 일겠는가. 시비가 일지 않으니 권력이나 폭력, 어떠한 강제적인 힘에도 굽힐 것이 없다. 그러한 것들이 두려운 이유는 '혹시라도 권력을 가진 사람에게 잘못 보여 손해를 보지나 않을까' 전전긍긍하기 때문이다. 이런 생각을 비우면 제 아무리 큰 권력이나 무지막지한 폭력도 두려울 일이 없다.

명상 여행을 하는 목적의 하나는 모름지기 텅 비어 무심한 허공과 같이 의연하고 당당한 마음을 갖추고자 함이다.

짐은 이 날랄들 닷리는 왕이냐라 그런데 그대는 나를 거들떠보진도 않단니 괘씸하도다

폐하께선 저 허공을 보십니까 저 허공도 폐할 폐할 알아보고 머리글 조알낭이까

개와 사자의 다른 점

동물원의 사자 우리 앞에 선 스승이 제자에게 물었다.

"개와 사자는 무엇이 가장 다른 점이라고 생각하느냐?"

"그야, 개와 비교하면 사자가 훨씬 용맹스럽고 힘이 세지 않습니까?"

"그렇지 않다, 사자는 지혜롭다. 돌을 던지면 개는 돌덩이를 물지만, 사자는 돌을 던진 사람을 문다."

어려운 상황이 닥치면 앞뒤 가리지 않고 달려드는 이들이 있다. 평소에 본질을 꿰뚫어 보는 지혜를 갖추는 훈련을 하지 못했기 때문이다. 다른 이들이 나를 도와주지 않고 못살게 굴어 내 삶이 어려워졌다고 느끼는 것은 자신에게 날아오는 돌덩어리에 분풀이를 하는 셈이다. 내가 힘들어진 것은 바르게 보지 못하는 내 어리석음에 원인이 있다.

어리석은 개의 삶을 택할 것인지, 영리한 사자의 길을 택할 것인지는 당신의 마음에 달렸다.

내가 더 춥다

어느 몹시 추운 겨울날, 땔감이 떨어졌으나 눈이 많이 쌓여 길을 나설 수
없었다. 추위에 떨고 있던 제자가 걱정했다.

"스승님, 큰일입니다. 땔나무를 해야 하는데, 눈이 너무 와서 산에 갈 수가
없습니다."

"남아 있는 장작이 없느냐?"

"없습니다. 다 떨어졌습니다."

"저 장롱을 쪼개서 땔감으로 쓰도록 해라."

"아니, 저 귀한 것을 어찌 땔감으로 쓴다는 말씀이십니까?"

"우리가 얼어 죽고 나서야 보물인들 무슨 소용이 있겠느냐?"

정말 소중한 것은 '나' 자신이다. 그저 옷가지를 정리하는 데 필요한 골동품 장
롱이 내 목숨보다 소중할 리 없다. 자신에게 가장 소중한 일이 무엇인가? 지금
이 상황에서 우선순위는 무엇인가? 배가 고파 쓰러질 지경일 때는 화려한 옷
이나 장신구 따위가 의미가 있을 수 없다. 손가락에 가시가 박혀 견딜 수 없는
데 산해진미가 눈에 들어올 리 없다. 모름지기 닥친 상황을 잘 살펴보고 무엇
을 먼저 해결해야 하는지 생각해야 한다.

진정으로 중요하고 소중한 것을 가려내는 지혜를 기르는 것도 행복을 향한 발
걸음의 하나이다.

글자가 가리키는 것

제자가 책을 한 권 들고 와 글을 모르는 친구에게 자랑을 했다.

"이 책을 읽어 보았니? 나는 벌써 열 번도 넘게 읽었지."

"무슨 책이지? 나는 글을 모르니 책 이름도 모르겠어."

"이 책은 참다운 지혜를 얻는 명상법을 일러 주는 책이야."

"그 책을 읽지는 않았지만 그 뜻은 잘 알고 있어."

"거짓말하지 마. 글도 모르면서 어떻게 그 책의 뜻을 안다는 거지?"

그러자 옆에서 보고 있던 스승이 한마디 했다.

"손가락으로 달을 가리킨다고 해서 손가락이 달은 아니지 않느냐."

세상의 모든 지식은 사람들이 이해할 수 있도록 여러 가지 방식으로 표현된다. 글이든 그림이든, 소리든. 그러나 표현된 모습 이면에 감춰진 참뜻을 이해하지 못하고 겉으로 드러난 방식에 집착하는 경우가 많다. 문자 역시 지식을 표현하는 하나의 방식일 뿐이다. 책을 그저 눈으로 보고 입으로 소리 내서 읽는다고 해서 그 안에 담긴 의미를 다 이해했다고 할 수는 없는 법이다.

지식을 지혜로 바꾸어 마음속에 새기고 삶에 활용하지 못한다면 책을 아무리 열심히 읽어도 결코 달은 보지 못할 것이다.

손가락으로 달을 가리킨다고 해서
손가락이 달은 아니지 않느냐

지혜를 담는 그릇

스승의 후배 가운데 학식이 높고 총명하기 그지없으나 생긴것은 볼품없는
학자가 스승을 만나러 왔다 돌아가자 제자가 흉을 보았다.

"스승님, 세상은 참 불공평한 것 같습니다. 못생긴 그릇에 그토록 뛰어난
총명함이 담겨 있다니요."

그러자 스승이 물었다.

"너는 뚝배기에 끓인 된장찌개와 화려한 은냄비에 끓인 된장찌개 가운데
어느 것이 더 맛이 있더냐?"

"그야 물론 뚝배기에 끓인 된장찌개가 더 맛이 있었습니다."

"아무리 귀하고 맛있는 음식이라도 때로는 투박한 그릇이 더 어울리는 경
우가 있다. 담는 그릇의 모양새가 중요한 것이 아니라 무엇을 어떻게 담느
냐가 더 중요한 법이니라."

사물의 겉만 보고는 그 진가를 알 수는 없다. 마찬가지로 세련되게 차려입은
사람이라 해서 그의 내면까지 고결하다고 할 수 있겠는가. 겉모습에 치중하는
경향이 심해지면서, 성형수술마저 더 이상 특별한 일로 생각하지 않게 된 지
오래다. 그러나 사람은 겉모습이 아니라 그가 쌓은 내면의 덕과 지혜, 거기에
바탕을 둔 행실로 평가를 받아야 마땅하다.

나의 그릇이 겉모습만 번지르르하고 거기에 담긴 지혜는 볼품없지 않은지 항
상 마음을 일깨워야 한다.

너는 뚝배기에
끓인 된장찌개와
화려한 냄비에
끓인 된장찌개
가운데 어느것이
더 맛이 있더냐

무봉탑(無縫塔)

한 수행자가 세상을 떠났다는 소식에 스승과 제자가 상가를 찾았다. 마침 수행자의 제자들이 모여 어떤 모양으로 비석을 만들지 서로 의논하고 있었다. 듣고 있던 제자가 물었다.

"스승님께서는 어떤 비석이 좋다고 생각하십니까?"

"글쎄다, 꼭 비석이 필요한지 모르겠구나."

"그래도 그 뜻을 새긴 비석이라도 있어야 후학들이 그분의 가르침을 기릴 수 있지 않겠습니까?"

"정 그렇다면 무봉탑이나 하나 세우면 어떻겠느냐?"

무봉탑은 조각을 하거나 화려한 장식으로 꾸미지 않고 그저 둥그런 돌 하나를 올려놓은 탑이다. 수행에 정진하며 평생을 보낸 선사들의 마음과 가르침의 정수를 모셨다는 상징이다. 소박하고 아무런 꾸밈도 없이 모시는 까닭은 선사의 참된 가르침을 잇고 기리기 위함이다.

무봉탑을 마음에 세우고 수행하여 선사가 남긴 가르침을 뛰어넘는 것이 진정으로 돌아가신 스승을 빛나게 하는 것이다.

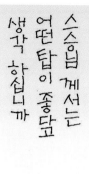

스승님 께서는
어떤 탑이 좋다고
생각 하십니까

정 그렇다면 무봉탑이나
하나 세우면 어떻겠느냐

제4장

일깨우다

우리의 마음 바탕은 원래 거울처럼 맑고 허공처럼 푸르건만
욕망으로 인한 번뇌가 구름처럼 덮여 있다.
탐욕과 집착을 말끔히 닦아 내서 깨끗한
본래 모습을 일깨워야 한다.
걸핏하면 묻어나는 얼룩을
머물지 못하게 해야 평온이 깃든다.

"스승님, 쉴 새 없이 마음을 일깨웠더니, 이제는
맑고 청정한 모습을 되찾은 듯합니다."
"쯧쯧, 그새 또 자만(自慢)의 때가 내려앉아
먹구름이 가득하구나."

수레를 채찍질할 것인가, 소를 채찍질할 것인가

스승과 제자가 멍에를 멘 소에게 수레를 끌게 하여 무거운 짐을 나르고 있는데, 갑자기 수레가 꼼짝을 하지 않고 앞으로 나아가지 않았다.

"이놈의 수레가 꼼짝을 않습니다, 스승님."

그렇게 말한 제자가 수레바퀴를 밀며 안간힘을 써 보지만 여전히 요지부동이었다. 이 모습을 지켜보던 스승이 혀를 끌끌 차며 제자를 나무랐다.

"쯧쯧. 소가 고집을 피워 꼼짝 않고 있는데, 너는 수레에다 채찍질을 할 셈이냐?"

수레에 채찍질을 할 게 아니라 소에게 채찍을 휘둘러야 수레가 앞으로 나아간다. 사람이 행복을 추구하는 일상사도 이와 다르지 않다. 무거운 짐을 진 수레는 우리의 삶이요, 고집을 피우는 소는 우리의 마음이다. 남을 미워하고 성내는 내 마음을 채찍질해야 행복의 길로 나아갈 수 있다. 그런데도 마음은 돌보지 않고 삶이 고단한 이유를 엉뚱하게도 부모나 가족, 친구 등 남의 탓을 하기가 일쑤이다. 그래서는 고통의 굴레를 영영 벗어날 수 없다.

내 마음에 채찍질을 가하여 내가 맑아지면 세상도 밝고 환하게 변한다.

벽돌을 갈아 거울을 만들다

제자가 어느 날 종일토록 가부좌를 틀고 앉아 명상을 하는 것을 본 스승이 물었다.

"온종일 무엇을 하느냐?"

"예, 본래 제 마음을 들여다보고 진리를 찾으려 합니다."

그 말을 들은 스승이 옆에 앉더니 갑자기 벽돌을 숫돌에 갈기 시작한다.

"스승님, 무엇을 하십니까?"

"벽돌을 갈아서 거울을 만들어 볼까 하느니라."

"벽돌을 간다고 해서 어찌 거울이 되겠습니까?"

"너도 마찬가지이다. 머릿속에 다른 생각만 하고 있는데 평생을 앉아 있는다고 해서 진리가 보이겠느냐?"

유리가 아닌 벽돌을 평생 간다고 해서 거울이 되겠는가. 목표를 세우고 그 일에 최선을 다하는 것은 칭찬받아 마땅하지만 목적을 이루려면 올바른 방법을 찾아야 한다. 방법이 나쁘면 아무리 노력해도 헛일이 될 뿐이다. 명상을 한답시고 욕심과 분노와 어리석음으로 가득 차 있는 마음을 지닌 채, 좌선하는 부처의 흉내만 낸다고 해서 지혜로움이 깃들겠는가. 우선 내 본성을 꿰뚫어 볼 수 있도록 정진해야 한다.

생각을 덮고 있는 욕망의 구름을 걷어 내고 마음을 일깨우는 지혜를 먼저 가다듬을 일이다.

제 마음을 들여다보고 진리를 찾으려 합니다

머릿속에 다른 생각만 하고 있는데
평생을 앉아 있는다고 해서 진리가 보이겠느냐

성현(聖賢)의 그림자

제자와 함께 물가에서 물에 비친 얼굴을 보고 있던 스승이 물었다.

"얘야, 저 물속에 비친 그림자는 누구의 것이냐?"

"예, 스승님과 저의 그림자입니다."

"진정 그러하냐?"

"예, 진정으로 스승님과 저의 그림자입니다."

그러자 스승이 손을 내저었다.

"아니다. 저 그림자는 성현의 그림자이니라."

거울 앞에 서서 자신의 얼굴을 들여다보라. 거울에 비친 그대의 모습은 남들과 비교할 수 없는 고귀한 품성을 지닌 훌륭한 존재이다. 그러나 마음에 잔뜩 더러운 때가 묻은 채, 욕망이 이끄는 대로 아무렇게나 살아왔기 때문에 지금은 맑고 청정한 모습을 흔적조차 찾을 수 없을 뿐이다. 본래는 남들이 우러러마지 않는 성현인 당신, 계속 남의 손가락질을 받으며 이기와 탐욕에 찌든 얼굴로 무가치하게 살아갈 것인가?

나 자신이 청정한 마음을 지닌 성현이라는 사실을 일깨워 스스로를 존중하며살아간다면 고결한 본래 면목을 되찾을 수 있다.

야야저물속에 비친 그림자는 누구의 것이냐

참으로 생각해 보아야 하는 것

제자가 궁금증이 가득한 얼굴로 스승에게 물었다.

"풀과 나무도 깨달음을 이룰 수 있다고 했는데 아무리 생각을 해도 이해가 되지 않습니다."

"그 문제에 대해 곰곰이 생각해 보면 너에게 어떤 이익이 있겠느냐?"

"거기에 대해서는 생각해 본 적이 없습니다."

"그렇다면 네 방으로 돌아가서 우선 그 문제부터 깊이 생각해 보아라."

시간은 영원한가, 유한한가. 우주의 끝은 있는가, 없는가. 시간이 영원하면 내가 죽지 않는가? 우주가 무한하다면 내 삶이 영원히 계속되는가? 그러면 나는 행복한 삶을 살 수 있는가? 행복을 이루기 위해서는 괴로움에서 해방돼야 한다. 괴로움의 원인을 알고 괴로움에서 벗어나는 길을 알아야 하며, 괴로움에서 벗어나는 수행을 해야 행복에 이를 수 있다.

지금 내가 할 수 있고, 해야 하는 일에 집중하라.

풀과 나무도 깨달음을 이룰 수 있다고 했는데 아무리 생각을 해도 이해되지 않았습니다

그렇다면 집에가서 그 문제에 대해 깊이 생각해 보거라

보잘것없는 일에 공들이기

스승과 제자가 사는 집 주변에 석공이 살고 있는데, 어느 날 큰 바위를 들여와 정성껏 갈기 시작했다. 매일 열심히 돌을 다듬는 모습을 본 제자가 말을 건넸다.

"아니, 그 큰 돌을 참 열심히 다듬고 계시는군요. 아주 대단한 조각을 하시는 모양이지요?"

스승이 물었다.

"그래, 그리 정성을 들여서 무엇을 만들려고 하시오?"

"장난감 소를 만들려고 합니다."

석공의 대답을 들은 스승이 제자를 향해 얼굴을 돌렸다.

"너도 혹시 큰 바위를 갈아 기껏 장난감 소를 만드는 것은 아니냐?"

큰 쇠몽둥이를 3년 동안 갈고 갈아 바늘 하나를 만들었다. 3년이면 천 일이 넘는다. 3년 동안 기도를 해서 무엇을 이루고자 하는가. 하루 1,000배씩 절을 하며 천 일 기도를 한다. 반드시 깨달음을 이루리라. 3년 동안 다리는 더할 수 없이 탄탄해졌고, 온몸은 군살 하나 없다. 기도를 마치는 날 댓돌 아래 벗어둔 고무신을 누군가 밟아 흙이 묻었다며 화를 낸다.

나는 지금 무엇을 위해 애써 마음을 닦는가.

장난감 솔를
만들려고 합닌

너도 혹시
큰 바위를 갈아
기껏 장난감 솔를
만드는 것은 아니냐

지금 하는 일에만 집중하라

"스승님께서는 수행을 잘하시고자 어떤 노력을 하시는지요?"

제자가 묻자 스승이 대답했다.

"배고프면 밥 먹고, 피곤하면 잠을 자느니라."

"그거야 세상 사람 누구나 하는 일 아닙니까?"

"그렇지 않다. 다르다."

"어떻게 다릅니까?"

"세상 사람들은 밥을 먹으면서도 온갖 걱정을 다하고, 잠을 자면서도 꿈속에서까지 생각을 일으킨다."

밥 먹을 때 다른 생각을 하지 않고 먹는 행위에만 집중해 본 적이 있는가? 세수할 때 세수만 한 일이 있는가? 쉽지 않을 것이다. 오늘은 또 하루를 어떻게 지낼지, 어젯밤에 술은 왜 마셨는지 온갖 쓸데없는 걱정이 끊이질 않을 것이다. 전 세계에서 수많은 외국인 제자를 길러 낸 수행자인 숭산 스님은 '오직 ~할 뿐'이라는 단순한 화두로 서구 지식인들의 열광적인 존경을 받았다. "밥 먹을 때는 오직 밥을 먹을 뿐" "걸을 때는 오직 걸을 뿐" "책을 읽을 때는 오직 책을 읽을 뿐"이 핵심적인 가르침이었다.

'~할 뿐'으로 세상이 달라진다. 매사를 지금 하고 있는 일에만 오롯이 집중해 보자. 내 삶도 크게 달라질 것이다.

스승님께서는 도를 닦을 때 어떤 노력을 하십니까

배고프면 밥 먹고 피곤하면 잠을 자느니라

세상 사람들은 밥을 먹으면서도 온갖 걱정을 다하고 잠을 자면서도 꿈속에서까지 생각을 일으킨다

진정으로 두려운 적

어느 날 나무 아래에 앉아 있는데, 한 마리 커다란 뱀이 스승의 목을 감고 있는 것을 본 제자가 안절부절못했다.

"뱀이 스승님의 목을 감고 있습니다. 독사입니다, 스승님!"

"독사가 어쨌기에 이리 호들갑을 떠느냐?"

"이 독사가 물기라도 하면 단 몇 분도 견디지 못합니다."

"내 몸뚱이야 아무 걱정하지 마라. 마음이 뱀을 무서워하지 않으면 몸도 상할 이유가 없느니라."

호랑이한테 물려가도 정신만 차리면 산다는 옛말은 허언이 아니다. 내 마음에 두려움이 없다면 아무리 사나운 맹수라도 무서움을 느끼지 않는 나를 공격하지 않는다. 그러나 내가 호들갑을 떨며 본능적으로 적대감을 보이면 짐승 역시 나를 적대적으로 대하기 마련이다. 사람과의 관계도 마찬가지이다. 누군가를 우호적으로 대하면 상대가 나를 미워할 이유가 없다. 결국 나를 위험으로 몰아넣는 것은 내 안에 있다. 필요 이상의 것을 소유하려 하고, 주변 사람들을 미워하는 마음이 나를 상하게 한다.

주인이면서도 스스로를 다치게 하는 나 자신의 마음이야말로 진정으로 두려운 적이다.

떠 호 이 에기 쨋어 가 독
느 들 리 으 면 사
냐 가 음
르

맘이 뱀을
무서워 핫지
않으면
몸도
상할 이유가
없다

인과의 이치

꽃이 피어 있는 모습을 보고 스승이 제자에게 물었다.

"저 꽃은 어떤 연유로 저리도 아름답게 피었겠느냐?"

"햇빛이나 땅의 영양분, 물 등 모든 것이 모여 조화를 이룰 수 있었기 때문입니다."

"씨앗이 없었으면 어찌 꽃이 피었겠느냐? 참된 인과란 이런 것이니라."

"그래도 잘 모르겠습니다. 인과가 무엇입니까, 스승님?"

"자리에 앉으면 일어설 것이요, 섰다면 누울 것이며, 누우면 일어날 것이니 이것이 바로 인과의 이치이니라."

모든 일은 원인 없는 결과가 있을 수 없고, 결과가 있는데 원인이 없을 수 없다. 현재 내가 맞이하고 있는 힘든 상황도 과거에 내가 저질렀던 일이 원인이 되어 생겨나는 것일까? 그렇다면 이 고통스러운 상황은 이제부터라도 바르게 살고자 열심히 노력한들 도저히 개선할 수 없는 것이 아닐까? 그렇지 않다. 지금 자리에 앉아 있다면 곧 일어설 것이요, 지금 일어서 있다면 반드시 앉아야 할 것이기 때문이다.

인과는 지나간 일에만 적용되는 이치가 아니다. 지금 내 행동이 나의 미래를 결정한다. 지금의 마음가짐에 따라 앞일이 달라지는 것이 인과의 이치이다.

저 곳은 어떤 연유로 저리도 아름답게 피었겠느냐

추위

몹시 추운 겨울날 스승이 제자에게 물었다.
"날씨가 추운 것이냐, 사람이 추위하는 것이냐?"
"모두가 그 속에 있는 일입니다."
"그게 무슨 말이냐?"
"날씨가 춥건 사람이 춥건 추위 속에 있다는 뜻입니다."
스승이 한심한 듯 제자를 바라보았다.
"그저 마음에 맡기면 될 것을 아직도 추위에 떨고 있구나."

세상에는 제 의지와 관계없이 밀려오는 일이 많다. 사고로 한순간에 모든 것을 잃어버리기도 하고, 생각지도 못했던 횡재를 하는 경우도 있다. 겨울의 추운 날씨는 어쩔 수 없는 일이다. 그러나 어떻게든 추위를 모면해 보려고 발버둥 치면 마음까지 함께 나약해지고 만다. 춥다는 생각에 사로잡혀 떨기보다는 추위를 견뎌 내야 봄을 맞을 수 있음을 알고 의연하게 마음을 추슬러야 한다.

앙상한 가지들만 남은 겨울나무는 찬 바람이 몰아치는 들판에서 어떻게 추위를 견디는가. 따뜻한 봄바람을 기다리며 굳건하게 뿌리를 내린 나무들의 인내는 더없이 아름답다.

그저 마음에 맡기면 될 것을 아직도 추위어 떨고 있구나

허물을 담는 그릇

제자가 어느 날 등과 배에 그릇을 하나씩 매달고 친구들 앞에 섰다. 왜 밥 그릇을 두 개씩이나 가지고 다니느냐고 친구들이 놀려 댔다.

"밥을 두 그릇씩이나 먹으려고 하는 모양이지?"

그러자 제자가 대답했다.

"아니야. 이 그릇들은 나와 다른 사람들의 허물을 담는 그릇이야."

곁에 있던 스승이 제자를 거들었다.

"그렇다. 사람은 누구나 앞뒤에 하나씩 그릇을 달고 다닌다. 앞의 그릇에는 다른 이들의 실수를 주워담고, 등에 달린 그릇에는 자기의 허물을 주워 담는다. 앞의 그릇은 작고 등뒤의 그릇은 커야 하는 이유를 알겠느냐?"

어떤 사람이든 반드시 허물이 있게 마련이다. 그런데도 제각기 서로의 허물을 들춰내서 비방한다. 다른 이들의 눈에 있는 가시는 보면서 제 눈에 박힌 들보는 보지 못한다. 이웃과 더불어 살아가고 함께 행복하기 위해서는 자기 허물은 눈에 잘 띄는 곳에 두어야 한다. 자신의 허물은 감추려 하면서 남의 허물을 자꾸 들춰내다 보면 자신의 잘못은 영영 고칠 수 없다.

마음을 가꾸어 갈수록 남의 허물을 담는 그릇은 텅텅 비게 되고 내 잘못을 담는 그릇은 차고 넘친다는 사실을 깨닫게 될 것이다.

그댄는
왜
밥그릇을
두
개
씩
안
가지고
다니는가

그렇다
사람은 누구나
앞 뒤에 하나씩
그릇을
달고 다니고 있다
앞의 그릇에는
달른 이들의
실수를
주워 담고
등에 달린
그릇에는
자기의 허물을
주워 담는다

나쁜 일, 좋은 일

제자가 물었다.

"스승님, 나쁜 일을 만났을 때는 어떻게 해야 합니까?"

"동쪽으로 가면 되느니라."

"그럼 좋은 일을 만나면 어찌해야 합니까?"

"서쪽으로 가면 된다."

"어느 쪽이 동쪽이고, 어디가 서쪽입니까?"

"찾아도 찾을 수 없느니라."

동쪽은 서쪽에서 볼 때 동쪽일 뿐이고, 서쪽은 동쪽에서 볼 때 서쪽일 뿐, 언제나 한결같은 동쪽 서쪽은 존재하지 않는다. 흉하다거나 길하다거나 하는 등의 판단은 사람에 따라 다르다. 나에게 좋은 일이 다른 사람에게는 나쁜 일이 되기도 하는 것처럼 좋다거나 나쁘다거나, 아름답다거나 추하다거나 하는 등의 가치 판단은 내 마음 말고는 따로 존재하지 않는다. 그러니 좋은 일과 나쁜 일을 어떻게 찾을 수가 있겠는가.

좋거나 나쁘거나, 일어나는 세상 일을 모두 긍정적인 마음으로 받아들이는 것이 지혜롭고 행복하게 살아가는 길이다.

글을 몰라도 꽃은 핀다

스승에게 친구가 찾아와 수행에 관하여 서로 토론을 하고 있었다. 스승이 잠시 자리를 뜬 사이 옆에서 경전을 읽고 있던 제자가 제자가 경전 한 구절을 스승의 친구에게 보이며 물었다.

"여기 이 구절이 무슨 뜻입니까?"

"나는 글을 모른다."

"아니 조금 전에 스승님과 함께 도(道)에 관해 말씀을 나누지 않으셨습니까? 글자를 모르신다면 어찌 가능한 일입니까?"

스승의 친구는 크게 웃더니, 뜰에 핀 꽃을 가리키며 물었다.

"저 꽃이 글을 알겠느냐?"

"모를 것입니다."

"저 꽃은 글을 몰라도 때가 되면 피었다가 때가 되면 지지 않느냐?"

세상 돌아가는 이치는 어느 것 하나 인위적인 억지가 없다. 그래서 '스스로 그러하다(자연)'고 한다. 수행과 깨달음은 나와 멀리 있지 않다. 육조혜능 대사는 본래 글을 모르는 나무꾼이었다. 그는 지성으로 노모를 봉양하고 터무니없는 이익도 좇지 않았으며, 다른 이를 해치려는 마음도 없었다. 그저 제 마음자리 그대로를 잃지 않고 수행에 전념했다. 그리고 선불교의 큰 스승이 되었다.

사람의 마음은 자연과 같아, 본래 그러함을 들여다보는 것만으로도 깨달음의 길에 들어선다.

줄탁동시(啐啄同時)

제자와 스승이 길을 가다 알을 부리로 쪼고 있는 어미 닭을 보았다. 제자가 물었다.

"스승님, 저 닭은 왜 알을 쪼아 깨고 있는지요. 제 알을 먹으려고 하는 것입니까?"

스승이 답한다.

"그렇지 않다. 지금 알 속에서는 병아리가 알을 깨고 나오고자 열심히 껍질을 쪼고 있다. 그러나 힘이 부쳐 어미가 도와주고 있는 것이니라."

어미가 새끼가 알을 쉽게 깨고 나오도록 도와주는 일이 줄탁동시(啐啄同時)이다. 병아리가 안에서 껍질을 쪼는 것이 '줄(啐)'이고, 어미 닭이 밖에서 마주 쪼아 껍질을 깨뜨려 주는 것이 '탁(啄)'이다. 경이로운 것은 닭과 병아리는 안 팎에서 동시에 알을 마주 보고 깬다는 사실이다. 선가(禪家)에서 스승이 제자를 가르쳐 깨달음으로 인도하는 것에 비유해서 즐겨 사용하는 예이다.

살아가면서 삶의 방향을 일러주고 이끌어주는 가족, 친구, 동료, 선후배를 만나는 일은 중요하다. 그래서 좋은 도반(친구)이 있다면 깨달음의 반을 이룬 것이라 했다.

저 닭은 왜
알을
깨고
왔는지요
제
알을
먹으려고
하는
것인지요

그렇지 않다

지금 알 속에선 병아리가 알을 깨고
나오기 위해 열심히 껍질을 깨고 있느니라
그러나 힘이 부쳐 어미 도와주고 있는 것이다

남의 마음 찾기

항상 시끄러운 아이가 있다. 너무 번잡러스워서 주변 사람들도 정신이 없을 뿐 아니라 여기저기 참견하느라 스스로도 산만하기 짝이 없는 그 아이에게 스승이 물었다.

"너는 왜 그렇게 말도 많고 항상 시끄러우냐?"

"저는 항상 다른 사람들이 잘하고 있는지 못하고 있는지 일러 주고, 잘못하는 것은 고쳐 주려고 그러는 것뿐인데요."

"그래서 너는 어리석은 것이다."

"아무리 제가 말을 많이 한다고 해서 어리석다고 하신 것은 맞지 않는 것 같습니다. 제가 왜 어리석습니까?"

"네 마음을 찾지 않고 남의 마음을 찾으려고 하기 때문이다."

다른 사람들이 어떤 생각을 하는지, 무슨 일을 하는지, 어떻게 살아가는지 모든 것을 알아야 직성이 풀리는 사람이 있다. 남 일에 참견하느라 바쁘기까지 하다. 그러다 보니 쓸데없는 일에 바쁘고 잠시도 차분하지 못하다. 자신의 마음보다는 다른 사람의 생각과 행동이 더 중요하기 때문이다. 남의 눈치를 살피는 습성이 몸에 붙으면 자신의 주장을 지키지 못하고 남들과의 비교를 통해서 자신을 판단하기 일쑤여서 스스로 자신감을 잃고 불안에 빠진다.

삶의 주인은 자신이다. 남의 마음을 살피려 애쓰지 말고, 차분하게 자신의 마음을 가다듬는 데 전념해야 행복의 길로 나아갈 수 있다.

163

화낼 일이 아니로다

제자가 며칠째 잠을 못 자 눈이 퀭하게 들어갔다. 걱정된 스승이 제자에게 왜 그리 얼굴이 상했느냐고 물었다.

"요사이 며칠째 통 잠을 자지 못하고 있습니다."

"왜 잠을 못 이루는 것이더냐?"

"실은 친구가 제가 하지도 않은 일을 두고 험담을 하며 나쁜 아이라고 저를 욕하고 다닌다 합니다. 그래서 화가 나서 견딜 수가 없습니다."

"어쨌거나 화를 낼 일이 전혀 아니로다. 먼저 너 자신을 잘 살펴보거라. 친구의 소문이 사실이면 사실을 말한 것이니 화낼 일이 아니고, 사실이 아니라면 네가 잘못한 게 아니니, 속상해할 일이 아니다."

화가 나는 원인을 찬찬히 잘 살펴서 들여다보면 전혀 화낼 일이 아니건만 참기가 쉽지 않은 것이 인지상정이다. 작은 일에도 마음을 다스리지 못하고 화를 냈다가 후회하기를 반복한다. 그것은 우리의 마음이 쉽게 불타오르고 쉽게 상처받는 속성을 지니고 있어서이다. 마음에 지펴진 불을 빨리 끄려면 마음속의 고통을 찬찬히 그리고 깊이 들여다보아야 한다. 화가 일어난 원인을 잘 살펴보면, 아무것도 아닌 이유로 마음이 타오르고 있음을 알고 미소를 짓게 될 것이다.

온화하고 평온한 내 본래 마음을 챙기려는 노력만이 불길을 다스릴 수 있다. 화를 냄도 내 마음속의 일이요, 화에서 벗어나는 것도 내 마음속 일이다.

전는 화가 나서
견딜 수가
없습니다

혹시 그가
그렇게 말할
까닭이 없는지를
살펴보거라
그래도 네게
허물이 없다면
그는 괜한
헛말을
하고
다니는
것이니
더 이상 네가
속상해 할
일이 안다

밭 일구기

마을 사람들과 함께 밭을 일구러 나간 제자가 돌아오자 스승이 위로했다.
"밭 일구는 일이 쉽지 않지?"
"그저 마을 사람들이 하는 대로 따라 했을 뿐입니다."
"힘이 들지는 않더냐?"
"어찌 수고로움을 마다하겠습니까?"
그러자 스승이 대견해하며 고개를 끄덕였다.

아무리 쉬워 보이는 일이라도 막상 해 보면 만만하게 이루어지지 않는다. 다른 사람들처럼 자기도 잘할 수 있으리라는 생각만으로 덤비면 얼마나 힘이 드는지 느끼게 된다. 땅을 일구는 것이나 제 마음을 일구는 일이나 다르지 않다. 화두를 들고 참선을 하는 수행자는 그저 편안하게 앉아 있는 것처럼 보인다. 그러나 그 내면은 수백 미터가 넘는 벼랑 끝에 서 있다. 백척간두에서 발을 내디딜 것인가, 물러설 것인가 목숨을 걸고 정진한다.

농부가 소중한 생명을 위해 땅을 일구는 것처럼, 스스로 마음 밭에 씨를 뿌려 닦는 일에도 수고로움을 아끼지 말아야 한다.

어찌
수고
로움을
피하겠
습니까

밭 일구는 일이 쉽지 않지

나머지 아흔아홉 마리

제자가 큰 잘못을 저지르고 말았다. 친구에게 갖다주라고 스승이 맡겨 놓은 돈에 욕심을 내서 그것을 몰래 써 버린 것이다. 죄를 지어서 이미 공부를 계속하기는 글러 버렸다고 크게 자책하던 제자는 낙심한 끝에 술집으로 발걸음을 옮겼다.

"그래, 어차피 죄인이 된 몸, 술도 마음껏 마시고 욕심이나 채우며 되는대로 살아야겠다."

몹시 취한 채로 비틀거리며 돌아오는 제자를 보고 스승이 꾸짖었다.

"술에 취해 정신을 못 차리다니 이거 참 큰일이로구나."

"저는 이미 도둑질을 한 몸입니다. 그러니 술을 좀 먹은들 어떻습니까?"

"너는 백 마리 소 가운데 한 마리를 잃어버렸다고 해서 나머지 아흔아홉 마리도 포기해 버릴 셈이냐?"

살아가면서 누구든 실수를 저지르지 않는 사람은 없다. 덕망이 높은 지도자나 위대한 학자라 할지라도 마찬가지이다. 다만 실수를 저지르고 난 다음이 중요하다. 한 가지 잘못을 저질렀다고 해서 나머지 일들을 모두 팽개치는 사람과, 한 차례의 잘못을 교훈으로 삼아 실수를 되풀이하지 않으려고 노력하는 사람의 인생은 큰 차이가 있을 수밖에 없다.

백 가지의 선한 품성 중 하나를 잃는 것은 모두가 하는 일이다. 그러나 남아 있는 아흔아홉을 지키는 것은 아무나 할 수 있는 일이 결코 아니다.

가장 괴로운 것

스승이 제자에게 물었다.
"이 세상에서 가장 괴로운 것이 무엇이냐?"
"사랑하는 사람과 헤어지는 것입니다."
"손가락 끝에 박힌 가시보다 더 아프더냐?"
"그렇군요. 그렇다면 지옥으로 떨어지는 것이 더 괴롭지 않을까요?"
"그보다는 몸이 가장 괴로운 것이니라."

누구나 괴로움을 안고 살아간다. 배고픔과 아픔, 미래에 대한 불안과 두려움, 빈곤으로 인한 결핍 등 사람 숫자만큼이나 많은 각양각색의 고통이 우리를 괴롭힌다. 사랑하는 이를 보지 못하거나 싫어하는 이를 보아야 하는 것도 괴로움이다. 이 모든 고통들은 마음에서 시작된다. 그리고 그 결과는 몸으로 나타난다.

마음을 살피지 못하고 몸만 다스려서 치료하고자 애쓰니 몸이 가장 괴로울 수밖에 없다.

제5장

심다

그릇에 꽃을 꽂으면 꽃병이 되지만
쓰레기를 담으면 쓰레기통이 되고 만다.
내 마음 그릇에는 무엇을 심을까?
텅 빈 캔버스 같은 내 마음의 화가는 바로 나!
탐욕과 이기를 그리면 집착이 물들고
감사와 사랑과 배려를 그리면 기적처럼
행복이 찾아든다.

"스승님, 무엇이 기적입니까?"
"지금 이 자리에 서서 땅을 밟고 숨 쉬는 것, 스치는 바람에서
살아 있음을 느끼는 것, 그것이 기적이니라."

연못의 돌

방에 들어앉아 눈을 감은 채로 열심히 기도하는 제자에게 스승이 물었다.

"무엇을 위해 그리 열심히 기도하고 있느냐?"

"훌륭한 수행자가 돼서 많은 이들에게 지혜를 나누어 줄 수 있게 해 달라고 기도를 올리고 있습니다."

그러자 스승이 물었다.

"연못에 돌을 던져 놓고 돌이 떠오르기를 간절한 마음으로 기도하면 어찌 되겠느냐. 돌이 떠오르겠느냐?"

"그럴 리가 있습니까? 기도를 한다고 해서 어찌 돌이 떠오르겠습니까?"

"그렇다면 기도만 열심히 한다고 해서 어찌 훌륭한 수행자가 되겠느냐."

기도를 한다는 것은 무엇인가 소망을 이루고자 하는 간절한 마음의 표현이다. 그렇게 함으로써 스스로 마음을 다잡고 그 일에 전념하여 목표를 실천할 수 있는 계기를 마련한다. 그러나 마음을 내서 간절하게 기도했다고 해도, 실제로 행하는 노력이 뒷받침되지 않으면 허망하기 그지없는 일이다. 아무리 기도를 열심히 한다고 해도 인과의 이치를 벗어난 초자연적인 기적은 절대 일어나지 않는다.

기도를 올리는 정성에 버금가는 절실한 자세로 마음을 챙겨 일상에서 하나하나 실천해 가는 것, 그것이 기적을 부르는 지름길이다.

연못에
돌을
던져놓고
돌이
떠오르기를
간절한
마음으로
기도하면
어찌
되겠느냐
돌이
떠오르겠느냐

추위와 더위를 피하는 법

제자가 물었다.

"스승님, 추위나 더위를 피하려면 어디로 피해야 합니까?"

"추위도 더위도 없는 곳으로 가면 되느니라."

"추위도 더위도 없는 곳이 있습니까?"

"추울 때는 추위에 뛰어들고 더울 때는 더위에 뛰어들면 되느니라."

영하 50도가 넘는 북극에서는 어떻게 추위를 피할까. 아프리카 사막 한가운데서 사는 사람들은 어떻게 더위를 견딜까. 추위와 더불어 살아가는 사람들은 추위를 견디는 지혜를 얻고, 더위와 더불어 살아가는 사람들은 더위를 견디는 지혜를 얻는다. 추위와 더위를 자신의 삶으로 받아들였기 때문이다. 살다 보면 많은 일이 생겨난다. 일이 닥칠 때마다 물러서거나 피할 수는 없다. 상황을 피하려 하지 말고 그 속에서 해결책을 찾아야 한다. 어려운 상황이라고 도망을 치면 해결은 되지 않은 채 문제만 남는다.

어려움에 부딪힐수록 정면으로 맞서는 것이 지혜로운 행동이다.

추위나 더위를 피하려면 어디로 피행야 합누가

추울 땐는 추위에 뛰어들고

더울 땐는 더위에 뛰어들면 되느니라

열탕

냉탕

177

손가락을 보지 말고 달을 보아야

어느 맑은 날 밤, 스승과 달 구경을 나온 제자가 물었다.
"스승님, 달이 어디에 있습니까? 잘 보이지 않는데요."
"내 손가락이 가리키는 곳을 보아라."
"그래도 제 눈에는 보이지가 않습니다."
"손가락이 가리키는 곳을 봐야지, 손가락을 보고 있으니 달이 보이지 않는
것 아니냐."

지혜롭고 행복한 삶을 꾸려 나가기는 참으로 쉽지 않다. 끊임없는 성찰과 실
천이 뒤따라야 한다. 그런데 아무리 마음을 집중하고 노력을 해도, 진전이 없
는 경우가 허다하다. 근본과 본질은 따로 두고 껍데기 같은 허상(虛像)에만
정신을 팔기 때문이다. 달과 손가락을 구분하지 못한 채, 헛된 욕망에 집착하
다가 참된 행복을 놓치는 경우가 얼마나 많은가.

내가 지금 보아야 하는 것이 무엇인지 항상 경계를 게을리하지 말아야 한다.

팔십 노인도 어려운 일

제자가 스승에게 물었다.

"어떤 것이 진리입니까?"

"악한 일은 하지 않고, 착한 일을 정성껏 실천하는 길이다."

"그것은 세 살 먹은 아이도 아는 말 아닙니까?"

"세 살 먹은 아이도 아는 말이지만, 팔십 노인도 실천하기는 어려운 일이다."

혼란스럽고 어려운 세상일수록 각양각색의 종교나 가르침이 넘쳐 난다. 제각기 독특한 철학과 사상을 표방하며 참된 길을 제시한다. 그런데 따지고 보면 모두가 바르게 살자는 평범하기 짝이 없는 내용이다. 거짓말하지 마라. 생명을 해치지 마라. 남의 것을 탐내지 마라……. 이러한 가르침들은 이미 유치원에 들어가기 이전부터 귀에 못이 박이도록 배운 것들이다. 그러나 자신이 교육을 받은 바대로 규범을 지키며 정직하게 인생을 살았노라고 자부할 수 있는 사람은 극히 드물다.

인간의 행동은 신념을 넘어선다. 우리가 배운 지식은 행동으로 나타났을 때 온전한 가치를 발휘한다.

네가 기쁘니 나도 기쁘다

아침부터 제자가 즐거운 표정으로 싱글벙글하자 스승이 물었다.
"무슨 좋은 일이 있느냐?"
"매우 기쁩니다."
"왜 그렇게 기쁘냐?"
"그저 모든 것이 기쁩니다."
"네가 기쁘니 나도 기쁘다. 또한 세상 모두가 기뻐할 것이다."

항상 기뻐하는 마음, 매사에 감사하고 만족감을 느끼는 마음, 모든 것을 긍정적으로 바라보는 밝은 마음은 자기가 원하는 일을 이루게 하는 원동력이다. 기뻐하는 마음은 나뿐만 아니라 내 이웃, 내가 살아가는 사회에도 행복을 퍼뜨린다. 어둠보다는 밝음이, 슬픔보다는 기쁨이 전염성이 강한 에너지를 발산하기 때문이다. 어떻게 하면 기쁨을 얻을 수 있을까? 삶의 모든 순간마다 아주 작은 일에서도 감사해야 하는 이유를 찾으면 된다.

감사하는 마음, 기뻐하는 마음, 사랑하는 마음, 남을 위하는 마음, 서로 나누는 마음을 가슴에 가득 채우는 것, 이것이 바로 내가 행복해지는 비결이다.

무슨 좋은 일이 있느냐

매우 기쁩니다

네가 기쁘니
나도 기쁘다
또 세상
모두가 기뻐할
것이다

날마다 좋은 날

스승이 제자에게 물었다.
"보름 이전에 네가 무엇을 했는지는 묻지 않겠다. 보름 후에 무엇을 할 것
인지 대답해 보아라."
제자는 아무 말도 하지 못했다.
"그렇다면 내일은 무엇을 할 것이냐."
다시 물었지만 여전히 묵묵부답이자 스승이 말했다.
"날마다 좋은 날이로다."

지나간 과거에 집착해서 아무것도 하지 못하는 경우를 종종 볼 수 있다. 또 내
일 무엇을 해야 할지 번민하느라 정작 오늘을 그냥 허비하는 일도 있다. 과거
가 됐든 미래가 됐든 행복해지려면 오늘 하루가 좋은 날이어야 한다. 과거로
말미암아 오늘이 있고 오늘로 말미암아 내일이 있기 때문이다. 과거에 연연하
거나 미래에 대한 불안으로 노심초사하기보다는 지금 이 순간의 삶을 소중하
게 가꾸어야 한다.

되풀이되는 평범한 나날을 최선을 다해, 날마다 행복한 날이 될 수 있게 한다
는 마음가짐이 과거도 아름답고 미래도 아름답게 하는 것이다.

「그렇다면 내일은 무엇을
할 것이냐

날마다 좋은 날이로다

진정으로 남는 장사

스승이 자갈밭을 일궈 논으로 만든 후에 마을 사람들에게 싸게 팔았다. 그러자 제자가 이렇게 물었다.

"스승님, 손수 논을 서 마지기나 일구시고도 어찌하여 마을 사람들에게는 두 마지기 값만 받고 파셨습니까?"

"두 마지기 값을 받고 팔았지만 내가 일군 논 서 마지기는 어디로 가 버린 게 아니라 그냥 있지 않으냐. 두 마지기 값을 받은 돈도 여기 있으니 모두 합하면 다섯 마지기나 되는구나. 모름지기 장사는 이렇게 하는 법이다."

어떤 분야에 종사하든 이익을 추구하는 것은 인지상정이다. 그러나 이익을 어떤 방식으로 남기는 것이 좋은지는 한 번쯤 다시 생각해 볼 일이다. 작은 재물에만 집착해 욕심을 버리지 못하면 정말 큰 이익은 누리지 못한다. 자신의 작은 희생이 다른 사람들에게는 큰 기쁨을 주며 다른 사람들의 행복이 결국은 자신의 행복으로 돌아온다는 것을 깨닫지 못하기 때문이다.

모은 재물로 어려운 이웃을 도우면 덧없이 사라져 버릴지도 모를 재산이 도움을 받은 사람과 내 마음에 소중하게 간직되어 변치 않는 보석으로 남게 된다.

스승님은 어찌
손수 논을
서 마지기나
일구시고도
마을 사람들에게
두 마지기
값만 받고
팔았습니까

두 마지기 값을
받고서도
논 서 마지기는 그냥
왔지 않느냐
모름지기 장사는
이렇게 하는 법이다

부(富)를 지키는 법

어느 날 돈 많은 부자가 스승을 찾아와 하소연했다.

"제가 큰돈을 벌었습니다. 그런데 이것을 지킬 수 있는 방법을 모르겠습니다. 부디 일러 주십시오."

"당신은 많은 노력을 해서 큰돈을 벌었습니다. 지금부터는 돈을 벌 때와 똑같은 노력을 해서 돈을 다 쓰도록 하십시오."

"아니 무슨 소리입니까? 어떤 고생을 해서 번 돈인데, 모조리 써 버리라니요?"

"나는 재산을 지킬 수 있는 참된 방법을 일러 준 것뿐입니다."

돈은 아무리 많이 쌓여도 사람의 마음은 충분히 채워지지 않는다. 재물에 대한 욕망은 항상 돈이 쌓이는 속도를 앞서기 때문이다. 돈을 잘 모으는 것보다 잘 쓰는 법을 배워야 한다. 돈을 어떻게 써야 행복해지는지 깨닫게 되면 돈의 속성을 이해할 수 있다. 밑 빠진 독에 물 붓기 같은 소유욕에 사로잡혀 돈을 움켜쥐고만 있으면 불행해지기만 할 뿐이다. 돈을 지키려 하기보다 어떻게 쓰는 것이 행복을 가져오는지 항상 관심을 기울여야 한다.

돈이 사람을 따르지 않고 사람이 돈을 따르는 것은 불행을 자초하는 지름길, 돈 쓰는 법을 잘 배워야 재산도 지키고 마음도 지킨다.

제가
큰돈을
벌었는데
이것을
지
킬
수
있는
방법을
알려 주
십시오

돈을
벌 때의
마음
가
짐 가
로으
다 돈을
쓰도록
노력
하십시오

189

마음의 청소

제자가 어느 날부터 스승의 방 청소는 물론, 자기 방도 치우지 않기 시작했다. 이상하게 여긴 스승이 물었다.

"왜 청소를 하지 않는 것이냐?"

"요즘 수행을 하는 데에도 시간이 모자라 방을 청소할 겨를이 없습니다. 청소는 그다지 중요하지 않은 것 같습니다."

"그렇다면 공부에 많은 진전이 있겠구나."

"그렇지는 않습니다. 이상하게 집중이 되질 않습니다."

그러자 스승이 말했다.

"당연하다. 생활하는 곳이 어지러운데 어찌 네 마음이 청정하겠느냐."

자신의 공간은 스스로의 마음 상태를 나타낸다. 자신을 둘러싼 공간을 깨끗하게 하지 않고는 마음을 청정하게 할 수 없다. 더러운 공간을 깨끗이 닦아 내고 나면 청량한 기운이 솟아나 자신의 마음까지 청정해진다. 치워지지 않은 환경은 훌훌 던져 버려야 할 감정의 찌꺼기들이 남아 있는 마음 상태와 다르지 않다. 청소에 마음의 힘이 더해지면 더러운 것을 닦는 걸레 한 장으로 인생을 바꿀 수 있다고도 한다.

청소를 통해 공간의 변화를 꾀하면 그 변화가 다시 마음을 바꿔 행복의 에너지를 불러일으킨다.

병에 걸리지 않는 사람

병에 들어 누워 있던 스승을 간호하던 제자가 물었다.

"스승님께서는 몸이 불편하신데 견딜 만하십니까?"

"견딜 만하지. 그래도 아픈 것은 사실이구나."

"스승님, 이 세상에 과연 병들지 않는 사람이 있겠습니까?"

"있다. 바로 내가 병들지 않는 사람이다."

태어나고, 자라고, 병들고, 죽는 것은 비단 사람뿐만 아니라 생명이 있는 그 무엇이라도 피할 수 없는 자연의 섭리이다. 그런데 이 스승은 지금 병이 들어 몸져누워 있으면서도 자신이 병들지 않는 사람이라고 한다. 왜 그런가. 고통을 안겨 주는 병도 인생을 살아가면서 꼭 거쳐야 하는 통과 의례임을 인식하고 있기 때문이다. 세상의 모든 어머니는 가장 큰 고통이라는 출산의 아픔을, 새 생명의 탄생을 위해 꼭 필요한 과정임을 알고 기쁜 마음으로 견뎌 낸다.

병도 우리의 삶에 꼭 필요한 자연스러운 과정이라는 사실을 받아들인다면, 아프다고 해서 원망하거나 분노하지 않고 괴로움을 견뎌 나갈 수 있다.

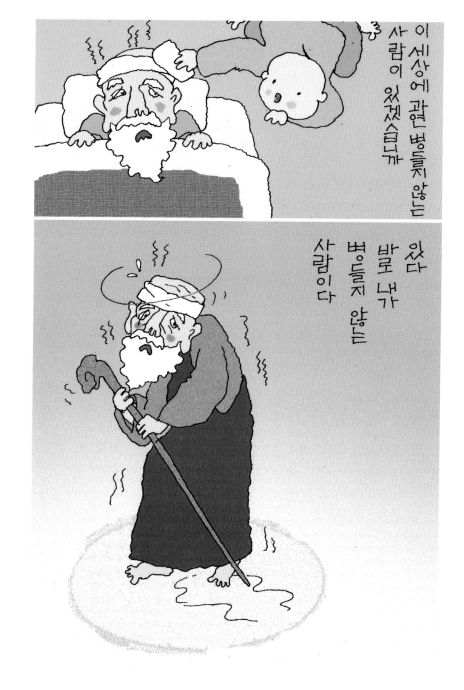

이 세상에 과연 병들지 않는
사람이 있겠습니까

왔다
바로 내가
병들지 않는
사람이다

낙엽

가을이 깊어 나뭇잎이 하나 둘 떨어지더니 나무는 곧 앙상한 몸을 드러내기 시작했다. 제자가 하염없이 떨어지는 낙엽을 보며 한숨을 짓자 스승이 물었다.

"왜 그리 한숨이 깊으냐?"

"낙엽이 지는 모습이 안타까워 그렇습니다."

"가을이면 낙엽이 지는 것이 당연하지 않으냐?"

"스승님, 나뭇잎이 시들어 떨어지면 어찌 됩니까?"

"나무는 비로소 제 몸을 드러내고 가을바람이 부드럽게 감싸 주지 않겠느냐."

계절이 바뀌면 나뭇잎이 모두 떨어져 나무가 앙상해지는 것은 자연의 순리이다. 그렇게 나무는 제 몸을 덮은 잎을 다 떨어뜨리고 살아온 모습을 속속들이 열어 보인다. 마음에 온갖 번뇌를 여름철 무성한 녹음처럼 붙이고 살면서도 가을 낙엽으로 털어 내는 지혜는 갖추지 못한 이들이 많다. 짙푸른 잎과 줄기로 화려했던 계절을 뒤로하고 의연하게 겨울 속으로 걸어가는 나무들의 담담함을 가슴에 새길 일이다. 새봄에 거듭나기 위한 준비를 위해 잎을 떨구는 나무는 쌀쌀한 바람도 훈풍으로 느낀다.

어리석은 탐욕과 집착으로 번뇌가 무성해진 그대여! 헛된 욕망을 속속들이 털어 내고 의연하게 겨울 들판을 향해 나아가라.

스승님 나뭇잎이 시들어 떨어지면 어찌됩니까

칭찬에 들뜨지 말라

사람들이 많이 모인 자리에 초대되어 강연 시간을 기다리고 있던 스승이 갑자기 일어나 방 안을 빙빙 돌며 자기 자신에게 중얼거렸다.

"그대는 정말 현명하고 지혜로운 사람이다! 그대는 참으로 다른 사람을 가르칠 만한 자격이 있는 수행자이다!"

이 말을 들은 제자가 조심스럽게 물어보았다.

"스승님, 평소에는 안 그러시면서 왜 그러십니까?"

"오늘 들어서면서 보니 모두 나에게 대단한 기대를 하고 칭송과 존경의 눈길을 보내고 있었다. 이제 내가 강연대에 나서면 그런 칭송의 소리를 듣게 될 것이다. 그러니 미리 이렇게 나 자신에게 얘기해 놓지 않으면 그 소리에 마음이 얼마나 흔들리겠느냐?"

칭찬은 대개의 경우 격려라는 명약(名藥)으로 작용해서 능력 이상의 일을 해내게 한다. 백 마디 질책보다 훨씬 훌륭한 가르침이 되는 것이다. 그러나 지나친 칭찬은 사람의 마음을 무너뜨리는 독으로 작용하기도 한다. 칭찬에 익숙해지면 들뜨기 쉬운 우리 마음도 몹시 유약해지고 수동적이 된다. 또한 교만에 빠져 남을 무시할 수도 있다. 결국 과도한 칭찬은 결국 그 사람을 망치는 칼날이 될 수도 있다.

남들의 칭찬이 쏟아지면 겸손하게 스스로를 돌아보며, 내 마음이 춤추지 않도록 단단히 붙들어 매자.

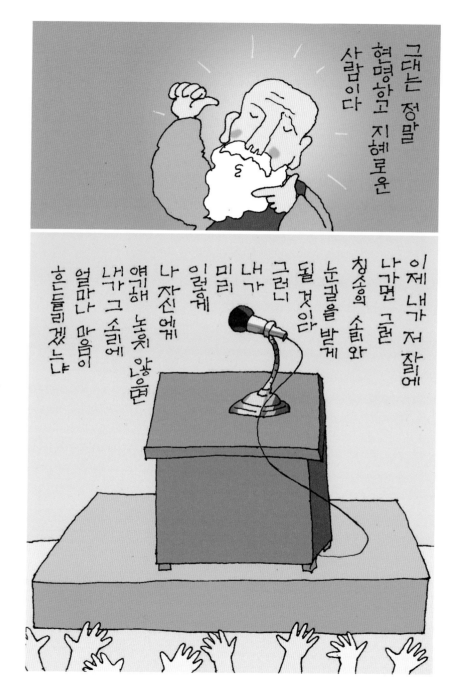

달콤한 꿈

낮잠을 자던 제자가 일어나더니 갑자기 서럽게 울기 시작했다. 의아해진 스승이 물었다.

"왜 그리 슬피 울고 있느냐?"

"스승님, 잠을 자다 꿈을 꾸었는데 그 꿈이 서글펐습니다."

"슬픈 꿈이라도 꾸었더냐?"

"아닙니다. 내내 아무런 걱정 없이 즐겁고 행복하게 사는 꿈을 꾸었는데, 왜 자꾸 서글퍼지는지 모를 일입니다."

그러자 스승이 고개를 크게 끄덕였다.

"울어야 할 일이다. 그 꿈은 결코 이룰 수 없는 것인데, 꿈에서 그 느낌을 알아 버렸으니 어찌 슬프지 않겠는가."

한평생 아무런 걱정 없이 살 수는 없다. 아무리 큰 권력과 부, 명예를 지녔다고 해도 항상 즐겁고 행복할 수는 없다. 영원한 것은 없는 법이어서 내가 지닌 것들은 언젠가는 반드시 사라지게 마련이기 때문이다. 그런데 불가능한 행복을 꿈에서 맛보았으니, 깨고 난 순간 무상함을 깨닫고 얼마나 서글프겠는가. 매일 아름다운 꿈을 꾸지만 매번 그 꿈에서 깨어나야 하는 것이 삶이다. 그렇다고 이룰 수 없는 꿈에 집착하여 안타까운 마음으로만 평생을 살 수는 없다.

지금 내가 살고 있는 하루하루, 한 순간 한 순간을 행복하게 받아들이고 최선을 다해야 하는 이유가 여기에 있다.

이기고 지는 마음을 떠나야

마을에 나갔던 제자가 돌아왔는데 잔뜩 얻어맞았는지 얼굴이 엉망이었다. 스승이 혀를 차며 책망했다.

"쯧쯧, 수행을 한다는 녀석이 싸움질이나 하고 다니는 게냐?"

"스승님을 욕하기에 참지 못하고 싸움을 하고 말았습니다."

"그래, 얼굴을 보니 많이 맞은 듯하구나. 너도 아이들을 때려 주었겠구나."

"아니요, 때리기는커녕 실컷 맞고만 왔습니다."

제자의 대답을 들은 스승이 빙그레 웃었다.

"잘했다. 싸움에서 이기면 나를 미워하는 사람이 생기고 싸움에서 지면 괴로워서 잠자리가 불편한 법이다. 그러니 이기고 지는 마음을 모두 떠나야 스스로 편안하다."

사람은 누구나 이기고 싶어 한다. 삶이란 이기고 지는 과정을 끊임없이 반복하는 것이고, 성공하려면 반드시 이겨야 한다고 믿는 사람들도 있다. 그러나 찬찬히 생각해 보면 이긴다는 것은 다른 이들에게 상처를 주는 것과 다르지 않다. 그래서 이겨서 자신을 미워하는 사람을 만드는 것보다는 잠깐 져 주는 것이 바람직하다고 생각할 수도 있다. 그러나 지는 것은 스스로의 마음을 불편하게 한다. 자신이 손해를 봤다고 생각하기 때문이다.

남을 이기면 원한을 사고 지면 비굴한 것 같아 스스로 괴로우니, 삶이란 승부를 가리는 경쟁이 결코 아니라는 사실을 깨닫는 것이 지혜롭다.

참다운 배려

스승과 제자가 길을 가다가 앞을 못 보는 사람이 걸어오는 것을 보았다. 그의 앞에 돌멩이가 놓여 있자, 제자가 얼른 나서서 치워 주었다. 길을 가던 그 사람이 머뭇머뭇하자 제자가 돌을 치운 사실을 일러 주었다.
"방금 제가 앞에 있던 돌을 치웠으니 안심하고 길을 가시지요."
그러자 그 사람이 당황하며 제자를 책망했다.
"왜 그 돌을 치웠단 말인가. 그 돌이 없으니 내가 이렇게 헤매지 않느냐."
"아니 편하게 가시라고 장애물을 치워 드렸는데 무슨 말씀입니까?"
"그 돌멩이는 내가 항상 이 길을 가면서 확인하는 이정표 역할을 했었다. 이제 그 돌이 없으니 내가 어찌 길을 확인하겠느냐."

남을 위한다는 것은 참으로 어려운 일이다. 도움을 주고자 베푼 일이 상대에게는 오히려 해가 될 수도 있기 때문이다. 모든 일은 자신의 처지에서만 볼 것이 아니라 남의 처지에서 살필 줄도 알아야 한다. 내 생각, 내가 처한 상황에 다른 이들의 사정을 맞추려 한다면 진정으로 남을 위하는 것이 아니다. 도움을 베푼다는 명분을 앞세우려는 자신의 교만한 마음만 드러내는 것이다. 참된 배려에는 반드시 진지하게 상대방의 마음을 헤아리는 지혜가 필요하다.

나를 중심으로 보지 말고 남을 중심으로 보라. 세상이 새롭게 보인다.

온전한 내 것

스승이 잠시 자리를 비운 사이 손님이 찾아왔다. 제자가 대신 응접을 하자
손님이 말했다.

"스승님께서는 안 계시는군. 그대의 스승은 평소에 무엇을 가르치시느냐?
스승님께 배운 것을 내게 말해 보렴."

"스승님은 세상이란 본래 집착할 것도 없으니 마음을 비우고 살라 하셨습
니다."

제자가 의기양양하게 말하는 사이 스승이 들어와 제자를 꾸짖었다.

"그것은 내 말이니라. 네 것을 전해 드리거라."

무엇을 배운다는 것은 가르치는 이의 생각을 배우는 것이 아니다. 온전히 내
것으로 만들어 내는 일, 그것이 참으로 배우는 것이다. 특히 삶의 지혜를 익히
는 일은 학문적 지식을 앵무새처럼 외우는 것과는 다르다. 아무리 좋은 철학
이나 가르침도 머리와 기억력만으로 받아들여서는 아무런 영향을 주지 못한
다. 자신의 깨우침으로 얻어진 생각이나, 자신의 마음속에서 일으킨 의지가
있어야 비로소 인생을 움직여 갈 수 있기 때문이다.

온전히 내 것으로 만든 지혜가 스스로를 변화시켜 내 삶을 바로잡을 수 있다.

이론과 실제

스승과 제자가 배를 타고 여행길에 나섰다. 그런데 파도가 높아지면서 배가 흔들리자 제자가 어깨에 잔뜩 힘을 주며 스승을 안심시켰다.

"스승님, 제가 원래 수영하는 법을 잘 아니 배가 뒤집히더라도 걱정하지 마십시오. 제가 구해 드리겠습니다."

"정말 수영을 잘하느냐? 걱정하지 않아도 되겠구나."

"어려서부터 바닷가에 살아 수영하는 법을 잘 아니 걱정 마십시오."

그런데 막상 배가 뒤집혀 물에 빠지자 제자는 허우적거리기만 할 뿐 도움이 되지 못했다. 결국 뱃사공이 두 사람을 구해 주었다. 간신히 익사를 모면한 스승이 딱하다는 표정으로 제자를 바라보았다.

"쯧쯧, 몸에 익지 않은 재주가 무슨 소용이 있겠느냐."

아무리 훌륭한 이론이나 성현들의 가르침도 실생활에 적용하면 어긋나는 경우가 많다. 가르침이나 지식이 잘못되어서 그런 것이 아니라 이론과 실제는 다르기 때문이다. 머리로만 생각한 것과 실제로 행하는 것 사이에는 상당한 거리가 있다. 어떤 지식이든 여러 번 거듭 행하여 몸에 익히는 것이 중요하다. 살아오면서 배운 가르침의 십 분의 일만 몸으로 익혀 실생활에 적용했더라도 지금의 삶은 많이 달라졌을 것이다.

좋은 가르침을 많이 아는 것보다 단 한 가지라도 반드시 몸으로 익혀 생활 속에서 실천하겠다는 마음가짐이 중요하다.

내 형은 훌륭한 사람이다

제자가 찾아온 방문객에게 자신의 집안 자랑이 한창이었다.

"나는 참으로 좋은 가문에서 태어났지요. 우리 아버지는 덕이 많아 마을 사람 누구나 존경을 한답니다."

그러자 방문객이 부러워했다.

"아, 그대는 참 좋겠소. 아버지가 그처럼 훌륭하시니 당신도 그렇게 될 것이 분명하오. 그러니 이렇게 좋은 스승 밑에서 공부할 기회를 잡은 것이겠지요."

"그래서 그런지 저의 형도 이름을 높이 떨친 훌륭한 사람입니다."

그때 곁에서 듣고 있던 스승이 제자에게 물었다.

"그렇다면 너는 어떠하냐? 너도 다른 사람이 훌륭하다고 칭찬을 하더냐?

스스로 능력이 없는 이들이 제 주변 사람 자랑을 많이 한다. "나는 검사를 잘 안다." "재벌 회장을 잘 안다." 다른 사람들의 권세를 빌려 자신을 치장하면 제 스스로도 올라갈 것이라고 믿기 때문이다. 여우가 호랑이 가죽을 쓰고 뽐내는 것과 다르지 않다. 자신은 물론이고 주변 사람까지 욕되게 하는 지름길이 남의 권세가, 남의 부가, 남의 명예가 자기 것인 양하는 것이다. 이렇게 하는 것은 나 스스로는 내세울 것이 없는 사람이라고 자랑하는 것일 뿐이다.

남을 빌려 자신을 꾸미려 하기보다는 스스로 당당하게 살아가겠다는 마음가짐을 챙겨야 한다.

나는 참으로
좋은 가문에서
태어났다오
우리
아버지는
덕이
높지만
많아
말을 사람
누구나
존경을 하지요

그래서 그런지
저의 명성도
참으로
훌륭한 사람으로
이름이 높다오

그렇다면 너는 어떠하냐
너도 다른 사람이
훌륭하다고 칭찬을 하더냐

대낮의 등불

스승이 대낮에 등불을 켜고 마을을 돌아다니기 시작하자 마을 사람들이
수군거리며 조롱하는 기색이 역력했다. 걱정이 된 제자가 스승에게 영문
을 물었다.

"스승님, 이 환한 대낮에 웬 등불입니까? 사람들이 비웃습니다."

"저들이 무어라고 하든 상관하지 마라."

"제가 보기에도 우스꽝스럽습니다. 이 환한 대낮에 등불이라니요."

그러자 스승이 제자를 향해 등불을 비추었다.

"이 환한 세상에도 참된 사람이 보이질 않으니 어쩔 수 없지 않으냐?"

참사람은 어떤 사람일까? 존경받는 선사 한 분은 이렇게 설명하고 있다. "사
리사욕이 없고 진실하고 공명정대하며 한량없는 자비심을 가진 사람, 신의를
지키고 존중하며 서로 도와 평화로운 세계를 이룩하는 사람." 과연 이런 사람
을 어디에서 만날 수 있겠는가. 고통받는 사람을 보면 외면하지 않고 사랑을
실천하며, 올바르지 않은 길은 가지 않겠다는 의지를 지키며, 참된 지혜를 얻
어 밝고 따뜻한 세상을 만드는 데 앞장선다면 내가 바로 참사람이다.

언젠가 우리 앞에 누군가 홀연히 등불을 들고 나타났을 때 나는 선택될 수 있
는 참사람인가? 밝고 환한 등불을 내 마음속에 비추어 보자.

아득한 성자

하루라는 오늘
오늘이라는 이 하루에
뜨는 해 다 보고
지는 해도 다 보았다고
더 이상 더 볼 것 없다고
알 까고 죽는 하루살이 떼

죽을 때가 지났는데도
나는 살아 있지만

그 어느 날 그 하루도 산 것 같지 않고 보면
천년을 산다고 해도
성자는
아득한 하루살이 떼

2018년 열반에 든 설악산 신흥사 조실 설악무산 선사의 시다.
하루를 사신다던 큰스님
천 년을 사시고,
백 년을 살려는 나는
단 하루도 살지 못한다.

하루밖에 못 사는
하루살이 떼야말로
성자이다

그런나 나는 어느 하루도 제대로 산 것 같지 않아...

명상여행 마음

2021년 5월 1일 초판 1쇄 인쇄
2021년 5월 7일 초판 1쇄 발행

지은이 / 김충현
그린이 / 고성원
펴낸이 / 김향숙
펴낸곳 / 인북스

경기도 고양시 일산서구 성저로 121, 1102-102
전화 031)924-7402 팩스 031)924-7408
등록 / 1999.4.21 제 10-1742호

ISBN 978-89-89449-79-9 03810